Meine Mutter fuhr Sportwagen. Also mich. Wenn ich nicht – wie meistens – lieber gleich daneben lief. Aber ein Cabriolet war es. Das auf jeden Fall.

sonare
klang, kultur, literatur

In 24 Kurzgeschichten erzählt Joachim Kubowitz von seiner Kindheit im pfälzischen Ludwigshafen am Rhein um 1966. Von **Urstromtal**, in der er in zwickender Badehose mit seiner roten Plastikkanne Wasser schöpft und in der Grundschulklasse zum Bildhauer seiner Heimatlandschaft wird, bis hin zu **Westend**, in der die Begegnung eines Fotografen mit seinem jugendlichen Modell Pate steht für den Beginn einer späteren langjährigen Freundschaft in Köln. Erzählungen zwischen Glücksklee und Rheingold, Hasenbrot, Schutzmännern und Helden, die Siggi oder Winnetou heißen.

Joachim Kubowitz 1958 im Zeichen der Fische in Ludwigshafen am Rhein geboren. Ausbildung als Maschinenschlosser, Kunst- und Designstudium an der Hochschule für Künste Bremen. Seit 1990 visueller Gestalter in Köln, Kommunikationsdesign, Signaletik, Informationsarchitektur. Autor, Musiker, Tondichter. www.sonare.info www.ouinfo.de

Joachim Kubowitz **ruff, bless, putt** Rheinische Kindheit um 1966

sonare klang, kultur, literatur
Eichendorffstr. 6
50823 Köln
info@sonare.info

2. Auflage
Gestaltung Joachim Kubowitz
Gesetzt aus der Foundry Form Serif und Form Sans
Lektorat Dagmar Hagmann
Fotografie © Willi Hölzel
(1968, Westend, Ludwigshafen am Rhein)
Druck epubli, ein Service der neopubli GmbH, Berlin

ISBN 978-3-7418-5554-2

Inhalt

Urstromtal.

Die Lachse im Rhein sind wieder da. Genauso wie Halsbandsittiche, Wildschweine, Feenkrebse und Eisvögel. Eintauchen in versunkene Welten, Auenwald. Samtfußrübling, scharlachroter Becherling, die Rötelmaus. Hausschuhe aus Nestern der Beutelmeise, ihrem Gespinst aus Weiden- und Pappelsamen. Maikäfer, Salamander, Wiedehopf, Bienenfresser und Gottesanbeterin. Am Hochrhein Biber, Wasseramseln und Stockenten. Schaffhausen, der Vorderrhein, der aus Graubünden aus dem Thomasee quillt. Der Rhein ist ein Fluss, der vom Himmel fällt.

Ich bin ein Rheinkind. Das in zwickender Badehose mit roter Plastikkanne zwischen dicken Kieseln Rheinwasser schöpft. Das einschläft mit dem Blöken der Nebelhörner der Rheinschiffe – viele Häuser und Straßen von meinem Kinderzimmer entfernt. Kaum vorstellbar, aber die Luft, vor allem im Winter, trug wirklich so weit.

Ich träumte: Wie sie mich mitnahmen. Der Frachtschiffer und seine Frau. Er mit schwarzer Breitcordhose und weissem Unterhemd, sie in einem bunten Kleid, auf dem langen Kahn Wäsche aufhängend, weiße große Laken, die im Fahrtwind flattern. Ich fuhr mit ihnen mit nach Rotterdam, wo das offene Meer auf mich wartete. Weiter nach Amerika oder Sansibar. Auch ans Steuer durfte ich. Souverän, vorbei an Worms und Mainz, der sich kämmenden Loreley, dann der Kölner Dom mit dem 4711-Offizier und den Heinzelmännchen, die schon lange vertrieben waren, weiter nach Duisburg, dem größten Binnenhafen Europas. Ich sammelte Bruttoregistertonnen. Die offenen Luken, darin Berge von Sand, Fischmehl, Kohle, Kies, Getreide. Das schwere Tuckern des Diesels. Die gleichmäßige Fahrt, die wechselnden Panoramen links und rechts der Fahrrinne. Verladekräne, Fabriken. So glitten wir dahin.

Das breite, flache Tal formten wir aus brauner Erde auf einem langen Holztisch im Klassenzimmer meiner Schule, der Westendschule. Links und rechts eingefasst von Glaswänden, an denen die spätere Haardt und die Bergstraße aufstiegen, die Vogesen, der Pfälzer Wald, der Odenwald. Das Urstromtal, Endmoränen, Grundmoränen, Eiszeit. Heben und Senken. Schub und Bruch. Inmitten des breiten, flachen Grabens das schmale Rinnsal des Urrheins, sich wild schlängelnd und windend, noch sein Bett suchend. Feinstarbeit mit Holzstöckchen. Dort lebten dreizehige Urpferde, Säbelzahnkatzen und Nashörner. Der Graben von vielen kleinen Händen flachgeklopft. Als Höhepunkt dann die erste Beflutung durch Fräulein Zimmermann, ganz vorsichtig, mit der Gießkanne. Von vorne aus der Kanne wie als Rheinfall bei Schaffhausen und hinten wieder raus in den Eimer in Richtung Mainz und Bingen.

Viele Jahre später, ich arbeite im Werkbereich des Hauses der Jugend, habe ich wieder das gleiche Gefühl in den Händen. Den festen, aber nach einiger Zeit durch die Handwärme geschmeidigen Ton, den ich auf eine Töpferscheibe setze und forme. Graben im Sandkasten des Kindergartens, bis ich auf Ton stoße. Der Geruch von Sand und Ton, der Matsch mit Wasser, der langsam an meinen Fingern trocknet und hart wird. Formen, die Gestalt annehmen, die Modell stehen für Größeres, und längst Vergangenes.

Grauguß und Rheingold.

Kein Wind und die Nachmittagssonne heizte den Gehsteig wie eine Kochplatte auf. Ich lief die ellenlange, hohe Fabrikmauer aus gebranntem Klinker entlang, und schon lag die ganze Zeit dieser Geruch in der Luft. Nicht süßlich oder manchmal stechend wie aus Richtung Friesenheim oder Oppau. Nein, anders.

Was da jenseits der Fabrikmauer in den Himmel stieg, war ein Zusammenspiel der heißen Elemente: ein herber, aufregender Geruch. Gebrannte Erde, gebrannter Sand, in die fauchend und zischend das heiße Eisen floss. Das Gießen von Grauguß in sandigen Formen.

Ich war auf Höhe von HALBERG, die Pumpen bauten und Maschinenteile gossen. Wäre mein Vater dabeigewesen, hätte er mir jetzt sicher eines der Gedichte aus seiner Schulzeit rezitiert: Schillers Glocke oder die Geschichte vom Busento. Aber ich war allein. Papa arbeitete auf der anderen Rheinseite, in Käfertal. So schritt ich voran, mit diesem eigentümlichen Geruch in der Nase, der nun überlagert wurde durch die strengere Kühle des Hafengebiets. Noch einmal über die Straße mit den querlaufenden Schienen und Schuppen, weiter bis zur *Schneckenudel* über den Luitpoldhafen. Dann lag die Stadt hinter mir.

Nun vor mir die Parkinsel mit ihren mächtigen, alten Bäumen, Sitzbänken, Spazierwegen, den Tennis- und Spielplätzen, und vor allem dem Rheinufer und seiner Promenade. Dort erkundete ich die besten Stellen, wo sich kleine versandete Buchten fanden, hinunter ans Wasser, ganz nah bis an die die Rheinkiesel überschwappenden Wellen. Und beobachtete die vorbeiziehenden Lastkähne, zum Greifen nah.

Auf der anderen Seite lag das Mannheimer Rheinufer, wo wir manchmal unseren Sonntagsspaziergang machten, mit Blick auf Ludwigshafen, aus einem anderen Land, einer anderen Perspektive. Und ging ich weiter, bis ans Ende der Promenade, konnte ich sie sehen. Dort gegenüber: die Reißinsel. Eine, nur über eine kleine Holzbrücke begehbare, durch einen Altrheinarm abgetrennte, vorgelagerte Insel. Das auf ihr vielleicht Reis angepflanzt wurde oder dies möglich wäre, war nicht nur *mein* erster Gedanke. Bei Hochwasser wurde sie schon immer wieder mal überschwemmt, aber Reis?

Nein. Der Besitzer hieß so, Reiß, wie Reißnagel oder Reißbrett. So stand es in meinem Heimatkundebuch.

Sehnsüchtig sah ich sie vor mir liegen. Kennenlernen konnte ich sie erst ein paar Jahre später. Bäume, die bis fast an den Strandsaum wuchsen oder mit ihren Ästen im Wasser hingen. Dazwischen viele flache, sandige Stellen, sehr gut für Lagerfeuer und Biwaken. Mein Apachenadlerauge hielt Ausschau nach Zeichen menschlicher Zivilisation. War da nicht ein altersschwacher Kahn, oder sogar etwa ein Floß? Eine rußige, noch vor kurzem benutzte Feuerstelle? Auf einem Baumwipfel bewegte sich etwas. Ein Graureiher, der sich mit gereckten Flügeln aufschwang und mit einigen kräftigen Schlägen davonflog.

Das Tom und Huck dort leben könnten, war zwar eine wunderbare Vorstellung, aber hier war nicht der Mississippi. Die beiden erlebten ihre Abenteuer tausende Meilen weit entfernt, auf einem anderen Kontinent, dazwischen das Große Wasser. Aber möglicherweise gab es auch hier in der Kurpfalz junge Desperados wie die zwei: allein, ohne Eltern, unerschrocken. Fallensteller, Fährtenleser, Schwarzfischer, Wilddiebe. Vielleicht schossen sie Fasane, wie früher? Im Schutz der Dunkelheit könnten sie hier auftauchen, Luft schnappen, ein Feuer machen, ihre Beute braten und

Feuerwasser trinken, das sie von holländischen Kähnen gestohlen hatten. Und rauchen.

Denn: Im Dickicht der Reißinsel, da, wo kaum ein Lüftchen weht und das Licht nicht hinreicht, schlüpfen Millionen, Abermillionen Larven aus ihren Eiern und stechen ausgewachsen alles, was Blut in seinen Adern besitzt.

Do werschd funn de Schnooke dotgstoche.

Moskitos aus sumpfigen, stehenden Gewässern, absterbende, verfaulende Baumstämme, Pilze, Flechten, sicher hin und wieder noch ein Fisch – trotz des Chemiedrecks, den der Rhein mit sich trug – auf den trüben Wasserflächen Teppiche von Blüten, Samen und Blättern, Schlingpflanzen.

In meinem Heimatkundebuch stand im Kapitel *»Der zornige Rhein, und wie er gebändigt wurde«* mit Bleistift und Lineal von mir fein säuberlich unterstrichen: *»Der Rhein war in früheren Zeiten ein schlimmer Geselle. ... Die Menschen bauten wohl Dämme dem Rhein entlang, aber oft kam es vor, daß das Wasser die Dämme durchbrach. Der Strom mußte auf eine andere Weise gebändigt werden. Ein Ingenieur aus Baden mit dem Namen Tulla wußte einen Rat.«*

Ein Ingenieur, ein Bändiger der Naturgewalten, ein Erfinder, ein die Welt Bewegender. Das klang gut für meine Ohren, das wollte ich auch sein. Wie ein Chirurg schnitt er am Oberrhein viele Wasserarme einfach ab und stach gerade Verbindungen durch vorher bewohntes oder bewirtschaftetes Land. Errichtete mit Unmengen behauener Steine schräg abfallende Böschungsmauern, ließ einige der abgeschnittenen Arme zuschütten. Dass damit die Bauern und Fischer nicht alle einverstanden waren, stand auch im Buch. Aber nicht, das Tulla das Großprojekt zur Not auch mit Waffengewalt durchsetzte.

Jetzt, am linksrheinischen Ufer, inspizierte ich die Lage. Vielleicht gab es auf der Reißinsel auch so einen Goldschatz wie ihn Tom Sawyer in der Höhle fand, die Indianer-Joe dort versteckt hatte?

Rheingold, das sich über Jahrtausende im Schweizer Gebirge ausgewaschen und als feiner Glimmer zwischen dicken Kieseln in den Altrheinarmen abgesetzt haben könnte. Möglicherweise ließen sich auf der Reißinsel noch Spuren von Goldgräbern oder Goldwäschern finden? Vielleicht sogar ein Schatz?

Viele hatten über Jahrhunderte im Rhein gestanden, mit Sieb, Waschbank und Eimern. Hatten mühsam ihr

Glück gesucht, vom pfälzischen Eldorado geträumt. Dass sie ihr »Rheingold« fänden, mit dem es sich besser leben ließe.

Ich wußte, ich mußte rasch groß werden, um eine Expedition zusammenzustellen und loszuschlagen.

Glücksklee.

Es gab den Vater und den Sohn. Beide »Herr Klee«. Die Vornamen habe ich vergessen. Ich habe sie nie gebraucht. Wir gingen zum »Klee«. Der vollständige Name, wahrscheinlich der des Vaters, stand auf dem quer zur Hausfront ragenden quadratischen EDEKA-Schild, das bis vor ein paar Jahren – der kleine Laden war schon lange geschlossen – immer noch, ganz verblichen, neben der Hofeinfahrt hing.

Ich gehe mit meiner kleinen, verbeulten Milchkanne an der Hand meiner Mutter zum »Klee«. Wir gehen einkaufen. Brot, Haferflocken, etwas Gemüse, Äpfel oder Birnen, aber vor allem Milch. Frische Milch.

Wir müssen nur zweimal um die Ecke, schon sind wir da. Direkt links neben der Hofeinfahrt, wo es hinein geht in den riesigen Innenhof des Karrees der GAG-Siedlung mit Grünflächen und kleinen Gärten. Wir öffnen die mit Werbung vollgeklebte Ladentür. Das Glockenspiel klingelt vertraut und wir stehen mittendrin: im Reich der »Klees'«. Hinter der Theke steht Herr Klee, der Sohn. Weisser Kittel, schmales, freundliches Gesicht, wache Augen, die Haare keck nach hinten gekämmt, die Ohren etwas abstehend. Wir freuen uns, ihn zu sehen. Er freut sich, uns zu sehen.

Guten Tag, sagt er.
Guten Tag, Herr Klee!

Mama sagt ihm was wir brauchen. Für jeden Artikel turnt er in dem winzigen Raum von einem Regal zum nächsten. Hoch ist der Raum für so einen kleinen Mann wie mich. Bis unter die Decke stapeln sich Packungen und Gläser, Waschmittel, Seifen und Konserven. Jeder Zentimeter, jede kleinste Ecke ist ausgenutzt. Die Leiter treppauf, treppab steigt er durch die Waren und versammelt sie auf der kleinen Ablagefläche neben der Kasse. Mama kauft auch eine Dose Kondensmilch, für ihren Kaffee, aber auch für meinen Lieblingsnachtisch, gepresste Orangen und Zitronen in geschäumter Dosenmilch. Es ist »Glücksklee«. Ich bin beeindruckt. Eine Dose extra von Herrn Klee.

Das Beste kommt aber zum Schluß. Meine Mutter gibt ihm ihre Milchkanne, die für einen Liter Vollmilch. Auf der Theke ein großer, silberner Pumpenschwengel und ein mächtiger Zapfhahn. Da kommt die Milch heraus. Für Mamas Kanne braucht er zwei Züge. Einmal aufziehen und schon schießt es in die große Kanne, genau einen halben Liter. Es ist ein schönes Geräusch, gerade an einem so heißen Sommertag wie heute. Frische kalte Milch und ein Pflaumenmusbrot. Könnte es gleich geben, wenn wir wieder zu Hause sind.

Aber vorher noch die Zeremonie für mich: Ich reiche Herrn Klee meine Milchkanne. Das gleiche Modell wie Mamas', nur eben viel kleiner. Jedes Mal schafft er es, wie ein Künstler, mit dem Pumphebel das Kännchen bis zum Rand zu füllen, kein Tropfen zu wenig, kein Tropfen zu viel. Ich versuche herauszubekommen, wie er das schafft. Zieht er den Hebel am Anfang nur ein bisschen, so das es dann genau passt? Oder hört er beim Einpumpen einfach früh genug auf? Was macht er dann mit dem Rest? Auf jeden Fall schafft er es, und ich gehe stolz mit meiner kleinen Kanne voller Milch und meiner Mutter wieder nach Hause. Die Milch aus meinem Kännchen schmeckte besonders gut.

Manchmal, wenn ich mich auf dem Rückweg umdrehte, stand er da. An der frischen Luft. Vor der Tür seines Ladens. Wenn gerade keine Kundschaft nach ihm verlangte. Die Hände in den großen Taschen seines weißen Kittels vergraben, schaute er uns versonnen nach. Dann nahm er die rechte Hand aus dem Kittel, winkte und lachte.

Paß gut auf deine Milch auf!
Ja, Herr Klee.
Klar, mach' ich.

D-C-Fix.

Sie hing über der blauen Eckbank in der Küche, wo wir Kinder in der Woche immer saßen zum Frühstück, Mittag- oder Abendbrot. Sie war abwaschbar, sie war aus Plastik. Das war praktisch. Sie hatte aber auch ein Motiv. Ein fortlaufendes. In einfachen, aber expressiven und schwungvollen Strichen waren auf der Wand rund um unsere Eckbank Segelboote, Möwen, Sonnenschirme und Palmen zu sehen. Es sah fröhlich aus, beschwingt, es gefiel mir. Vor allem auch wegen der Farben und weil es angedeutet blieb, reduziert. Mama sagte mir, das sei »abstrakt«.

Im italienischen Eiscafé – hieß es DOLOMITI? – waren die Wände ähnlich tapeziert. Meterware aus D-C-Fix. Der allerneueste Schrei. Die Farben sahen aus wie die der Eiskugeln im DOLOMITI. Feine, pastellene Striche, Schraffuren. Wie zum Schlecken. Wie Badeurlaub am italienischen oder französischen Strand.

So saß ich oft bei meinem geliebten Grießbrei, in dem der Zucker in dunklen, mit meinem Löffel zu Strudeln geformten Schlieren verschwand, und hörte die Segel flattern, Kinder- und Möwengeschrei, Schlager aus einem Kofferradio, das Rauschen der Wellen am Strand, spürte im Rücken die pralle Sonne.

Nur nach Sonnenöl roch sie nicht, die Tapete. Sie roch eindeutig nach Plastik, trotz aller sonstigen Einbildungskraft.

MERKUR.

Die Rammen, die ich aus der Ferne donnern hörte, galten MERKUR. Dem geflügelten Boten, dem heißen wie kalten, rasenden Planeten? Nein. Ein großer, quadratischer Kasten am Ende der Bahnhofstraße. Ihm galt das Maschinenorchester, das bis in mein Kinderzimmer drang. Keine Fenster, nur eine verglaste Schaufensterzeile im Erdgeschoß. Die Fassade: gelochte Pfefferminzdrops im Rautenmuster. Hunderte, vielleicht Tausende. Weiß, in Reih und Glied. Das neue Kaufhaus. Der MERKUR.

Bisher hatte es nur den KAUFHOF gegeben, die »Tortenschachtel«. Dort stand im warm brummenden Eingangsbereich eine verglaste Musikbox mit einem Äffchenorchester, das, sobald jemand 10 Pfennig einwarf, wie verrückt mit Dixieland loslegte. Ein Äffchen schlug das Banjo, ein zweites die Becken, die Bläsergruppe bewegte unisono ihre Instrumente auf und ab. Herrlich. Wenigstens ein, zwei Nummern mußte ich hören und zuschauen. Und hinter mir eine größer werdende Traube.

Im MERKUR oder KAUFHOF die nächste Attraktion: die Garnröllchen im riesigen Klemmregal in der Nähabteilung. Eine schillernde Farbenpracht, die die Auswahl meiner Buntstifte bei weitem übertraf. Ich konnte mit den Fingern vorsichtig darübergleiten und, wo ich wollte, dann etwas hineindrücken, wie ein Farbklavier. Wie von Geisterhand kamen sie wieder zurück, die Farbtöne. Und wenn Mama einen auswählte, vielleicht sogar mit mir, dann durfte ich das Röllchen ganz herausziehen und *schwupp*, kam das nächste Röllchen dahinter nach vorne gesprungen. Mama nähte und änderte viel. Sie brauchte öfters etwas aus der Nähabteilung. Bestimmt mehrere Sommer lang trug ich, wohl eher sonntags, eine von ihr geschnittene und genähte kurze Pepitahose.

Vor Weihnachten gab es in der Spielzeugabteilung – ich war aus der Pepitahose herausgewachsen – eine CARRERA-Rennbahn, extra für uns Kinder und Halbwüchsige. Kurz vor der Kurve leicht vom Gas, dann mit Vollgas mit einem Heckschlenker – je heftiger und riskanter, desto spannender – in die nächste Zielgerade. Den dicken Pulli oder die Winterjacke noch an, schwitzten und fieberten wir uns durch die Runden, froh, den Drücker erwischt zu haben und wie Graf Berghe von Trips oder Stirling Moss die Meute abzuhängen.

Irgendwann entdeckte ich in einem Bildband ein Aquarell von Paul Klee. Es war wirklich sehr schön. Und ließ mich stutzen. Hatte er sich vielleicht das Motiv aus unserer Nähabteilung *geliehen*? Diese vielen, vielen, feinen Abstufungen in Farbton und Intensität. Das hatte er sehr gut getroffen, fand ich. Und er hieß auch noch Klee.

War er vielleicht verwandt mit unseren Klees' aus dem EDEKA? Vielleicht deren berühmter Onkel? Und malten die etwa auch?

Balkons.

Vom Bett aus konnte ich die Spitze der Pappel sehen, über Kopf. Wie der Mast eines alten Segelschiffs, bei starkem Wind heftig schwankend. Das Rauschen der Blätter, das Knarren der Äste, das Gurren der Tauben, im Winter die Nebelhörner der Rheinschiffer, der schweren Kähne, die zwischen Basel und der Meeresmündung hin- und herfuhren. Hier der Hafen, Ludwigshafen, eine Zwischenstation. Außer diesem Himmelsausschnitt mit der glitzernden Pappel gab es weiter nichts zu sehen, vielleicht noch hindurchsausende Vögel, aber lauschen konnte ich, unablässig. Das harte, rhythmische Klopfen der Teppiche auf der Teppichstange unten im Hof. Meist nachmittags. *Dag-ga, dag-ga, dag-ga.* Dann irgendwann die Rammen beim Gründen des neuen Kaufhauses an der Bahnhofstraße. Wochenlang.

Ein Riese, der mit einem Riesenhammer Pfähle in die Erde treibt. Donnerschläge.

Der Balkon lag bei uns, dem Kinderzimmer, das ich mit Dagi, meiner Schwester, teilte. Bald konnte ich auf die untere Querstrebe des Geländers steigen, um drüberzuschauen.

Ein großes Karree, links die GAG-Mietshäuser in rotem Backstein, große Legosteine. Rechts, ebenfalls in roten Ziegeln, das Gesundheitsamt, unten dazwischen Parkplätze, weiter hinten die gebogene Ein- und Ausfahrt zu den Parkplätzen und ganz hinten am Kopfende mein Kindergarten mit dem kleinen Spielplatz. Riesig vor mir die schlanke und hohe Pappel.

Und da sang ich. Vor meinem unsichtbaren Publikum, meiner Arena, auf der Strebe balancierend, das, was ich im Radio aufschnappte: *Heißer Sand, Zwei kleine Italiener, Ein Schiff wird kommen.* Die Arbeitshaltung wird mir einmal zum Verhängnis. Ich rutsche mit den Schuhen von der Kante und verhake mich mit dem Kopf zwischen den oberen Querstangen. Gerate in Panik. Mama ist zum Glück in der Nähe und rettet mich. Ich mußte höher.

Der schmale Balkon war komplett verkleidet, bis zu einer Höhe von etwa 1,20 m. Mit gewelltem, ja, was? Gewelltem, grauen Eternit, Hartfaser? Nicht schön. Raue, körnige Oberfläche. Über mir noch die gespannten durchsichtigen Plastikleinen für die Wäsche. In diesem Klangkarree lasse ich meine Stimme aufsteigen, wie einen selbstgebastelten Drachen.

Der Balkon war länger geschnitten als unsere Mietswohnung. Er nutzte das Treppenhaus. Dies wiederum bekam Tageslicht über eine Reihe von Glasbausteinen, die am unteren Rand des Balkons entlangliefen. So sah ich schon von kleinauf – wenn ich die Stufen im Treppenhaus hochstieg – wann ich zu Hause war. Das dünne, einfache Eisengeländer entlang, kein hölzerner Handlauf. Stattdessen schmales, rechteckiges Eisenband. Im Sommer angenehm kalt. Darunter gezogener dünner Rundstahl, wie Spaghetti. Bei Feyerabends' oder doch eins höher, die gebrochene Stelle.

Jahre, ja jahrzehntelang erst schlecht geschweißt, dann mit Klebeband geflickt. Kletterübungen. Klar. Ich fand das Geländer in Ordnung. Kühl und sachlich. So wie das Treppenhaus, der Balkon, das ganze Viertel, das Westend überhaupt. Reste von *bauhaus* auf Trümmern und Unkraut.

Das Meer.

La Mer qu'on voit danser
le long des golfes claires
a des reflets d'argent
– la Mer – des reflets changeant
sous la pluie.

La Mer au ciel d'été
confond ses blancs moutons
avec les anges si purs
– la Mer – bergère d'azur infinie. *

Charles Trenet wurde mit diesen Zeilen und der dazugehörigen Melodie weltberühmt. Sie entstanden während des Kriegs 1943, der Legende nach auf einer Zugfahrt entlang der Côte d'Azur. Vielleicht war Charles auf dem Weg nach Hause; er stammte aus Narbonne.

* *Deutsche Übersetzung auf Seite 36*

Ich sah das Meer zum ersten Mal bei meiner Oma. Die Eltern hatten vor den Sommerurlaub in Südfrankreich zu verbringen. Für meinen Vater eine Fahrt der Erinnerungen, an seine Jugend. Als 18-Jähriger war er als Soldat der deutschen Armee nach Südfrankreich abkommandiert worden und nach der Kapitulation zuerst als Kriegsgefangener, dann als Freiarbeiter bis Anfang der 50er Jahre dort geblieben.

Wir fuhren mit der Eisenbahn zunächst von Mannheim nach Ulm, stiegen um in einen Regionalzug und gelangten über Biberach und Ravensburg nach Friedrichshafen. Dort wohnte Oma. In Immenstaad, einige Kilometer entfernt, und in Haigerloch, etwas weiter weg, lebten Onkels und eine Tante. Unsere Eltern waren Flüchtlinge. Mama war mit Oma und ihren neun Geschwistern im Januar 1945 über das zugefrorene Frische Haff aus dem Ermland geflohen, den Jüngsten, Adolf, trug sie auf dem Rücken. Die sowjetische Armee hatte Ostpreussen eingekreist und kam immer näher. Es war die letzte Chance vor den Russen zu fliehen, der einzige noch offene Weg. Zuerst nach langem Fußmarsch nach Pillau, dann per Schiff über Gotenhafen weiter nach Kopenhagen, und endlich, nach über einem Jahr im dänischen Lager, wieder zurück nach Deutschland, ins Schwabenland. Sie richteten sich dort ein, die Brüder lernten ihr Handwerk. Aber auch da blieben sie Flüchtlinge. Noch lange.

Meine Mutter war schließlich, als sie meinen Vater kennengelernt hatte, mit ihm in Ludwigshafen gelandet, wo meine Schwester und ich auf die Welt kamen.

Die beiden wollten also am nächsten Tag weiter nach Südfrankreich, Marseille und Nizza. Meine Schwester und ich sollten bei Oma bleiben. Es war heiß und der Himmel war blau. Erschöpft und verschwitzt kamen wir bei Oma an, die in einem Mietshaus direkt unter dem Dach wohnte. Oma mit ihrem Dutt und ihren dicken, weichen Armen, der Kuckucksuhr mit den langen Zapfen zum Aufziehen, den Geranien an den Dachfenstern, über die ich mich auf einem Schemel stehend strecken mußte, um herausschauen zu können.

Ich hatte Glück: denn da flogen sie schon. Silberne Zigarren, zwei Stück. Wie die Hummeln, die in den Blütenkelchen vor meiner Nase nach Nektar suchten, brummten sie sonor aus der Ferne. Sie glitzerten, funkelten, bewegten sich majestätisch am Himmel entlang, wie an einer Schnur gezogen. Gebaut wurden sie hier, ganz in der Nähe. Sogar einer meiner Onkel arbeitete dort. Zeppeline. Angetrieben durch eine winzige Schiffsschraube, phänomenal. Der Luftschiffer in einer von weitem ebenfalls winzigen Kabine, die unter dem mächtigen Flugkörper hing. Als Luftschiffer durch den blauen Himmel fahren – wie wunderbar.

Meine Mutter hieß Maria, mein Oma hieß Maria, und Oma war eine gläubige Frau. Jeden Morgen ging sie als allererstes zum Beten in die nah gelegene Kirche, in der auch zwei, drei Jahre später mein Onkel Adolf zum Priester geweiht wurde. Wenn ich mitging, hörte ich wundersame Klänge: *»Wir bitten dich, errhörrije uns«*. Unzählige Male. Wie den Rosenkranz, den Oma durch ihre Finger gleiten ließ. Ostpreussische Mantren.

Einige Tage später fasste ich einen gewagten Plan. Oma war wie üblich bereits in der Kirche und betete. Dagi spielte in Ruhe für sich. Da lief ich los. Es war nicht schwer. Einfach die Straße vor der Haustür ein ganzes Stück hinunter: zum Hafen. Auch die Eisenbahnschienen wiesen mir den Weg. Schwere, rotbraune, weiße oder graue Waggons, die langsam in Richtung Ufer rollten. Ein Schauspiel mit Weichen, Rangieren, metallenen Plafonds. Die An- und Ablegestelle der Fähre nach Romanshorn hinüber zur Schweizer Seite. Schienen, die im Wasser endeten. Ein Waggon nach dem anderen rumpelte auf die Fähre. Dazu noch ein paar PKWs und Fußgänger. Hinter der Fähre die weite See, das Schwäbische Meer. Mit etwas Glück sah ich weit entfernt einen Rand, die Berge, verschwommen.

Jetzt, am frühen Morgen, lag der See ruhig in der aufgegangenen Sonne, zwei Schwäne glitten ein paar

Meter von der Fähre entfernt vorbei, dahinter flog ein Schwarm Enten schnatternd auf. Gleich würde die Fähre ablegen und mit ihrer schweren Last in Richtung Süden Kurs nehmen. Irgendwann war sie nur noch ein winziger Punkt am Horizont und verschwand wie vom Erdboden verschluckt.

In der Luft der Geruch von Metall, Diesel und stehendem Gewässer. Schnatternde Enten, ein paar Autos, die sich hinter mir für die nächste Passage über den See aufreihten. Wie betäubt schmeckte ich dem Erlebten nach, der Gewalt der schweren Metallkolosse, die nun auf der Fähre schliefen. Und da drüben, hinter den fernen Bergen, mußte Italien sein.

Morgen früh würde ich wieder hier sein, um das Schauspiel erneut zu genießen. Gut wäre es, wenn ich heimkäme, bevor Oma wieder von ihrem Kirchgang zurück ist. Hoffentlich würde mir meine kleine Schwester die Tür öffnen. Und wenn ich beichtete? Oma von meinem Abenteuer erzählte? Würde sie sich fürchterlich aufregen? Musste ich Buße tun? Oder würde sie mir vielleicht den zweiten Hausschlüssel mitgeben? Weil ich doch schon groß war.

* *Das Meer, das man tanzen sieht*
entlang klarer Golfküsten im silbernen Glanz
Das Meer – schillernde Reflexe bei Regen.

Das Meer, bei sommerlichem Himmel
vermischt es seine weissen schäfchengleichen Schaumkronen
mit den so reinen Engeln
Das Meer – Azurblaue, endlose Schäferin.

Pelikan.

Bekommt man eine gut lesbare und vielleicht auch »schöne« Handschrift, wenn man anfängt gegen Widerstand zu kämpfen? Mühsam. Anstrengend. Oder ist es besser leicht und spielerisch mit Blei- oder Farbstift loszulegen, oder einem Kugelschreiber? Der einem sofort folgt, wie ein kleiner Hund? Auf Papier?

Diese Frage stellte sich für mich an meinem ersten Schultag nicht. Ich hielt meine Schultüte, auf dem Rücken hing mein brauner Lederranzen. Drin die von einem abgerundeten Holzrahmen eingefasste schwarze Schiefertafel und der Griffelkasten. Das Schwämmchen hing am Ranzen und schaukelte munter hin und her. So grub ich mit Kraft und Konzentration meine ersten Zeichen in die minerale Platte. Gut, ich hatte bereits vorher auf dem Teppichboden im Wohnzimmer mit ausgeschnittenen Buchstaben aus der Bildzeitung und Illustrierten typografische Collagen erstellt, Wörter und Sätze gebaut. Aber schreiben lernen in »Schönschrift«

fing genau so an. Quietschend, kratzend, in Zeitlupe, wie die Ägypter oder Sumerer. Im Nachhinein tat das sicher gut, glaube ich. Anderes nicht, aber ...

Auf jeden Fall folgte nach der Griffelgrundausbildung der Übergang zum Papier, mit Haupt- und Hilfslinien. Mit Bleistift, hart, besser weich, der Radiergummi lag stets bereit. Bis schlußendlich das Füllerzeitalter begann. Vereinzelt gab es in unseren Klassenräumen noch die eine oder andere bekritzelte und künstlerisch bearbeitete Schulbank mit dem Tintenfaßloch, oft für die hinteren Ränge. Mehrheitlich saßen wir aber bereits an neuen Reformschulbänken, noch unbeschädigt, und ohne Tintenfaßloch. Denn wir schrieben mit Patronen, blau gefüllten Patronen. Und natürlich wie die meisten mit einem blauen Pelikan. So einen wollte ich auch. Blau war schließlich meine Lieblingsfarbe. Meine von Mama gestrickte Jacke – ich weiß gar nicht, wann ich sie in dieser Zeit nicht an hatte – war blau. Und blau stand mir auch gut.

Es gab auch Mitschüler, die mit einem Geha schrieben. Dem grünen Geha. Den fand ich aber überhaupt nicht schön, mit seinen Riffeln. Und die Farbe! Ein hässliches Grün. Außerdem schrieb er auch nicht so gut, fand ich. Nichts gegen meinen Pelikan. Ein wenig war es auch so, das wir die, die mit Geha schrieben, nicht besonders mochten. Das war zwar sicher ziemlich dumm, aber es war so. Fast so etwas wie eine Pelikan- und eine Geha-Fraktion. Nicht nur, das ich den Eindruck hatte, der Pelikan schreibe schöner und sähe eleganter aus. Er hatte auch ein schönes Zeichen, diesen stilisierten Pelikan im Kreis. Ein Vogel, ein Tier, das ich verrückt fand mit seinem riesigen Kehlsack am langen Schnabel. Ich schrieb mit blauen Fingern Seiten voller Schönschrift. Erlebnisberichte, Sacherzählungen, Aufsätze. Deutsch mochte ich, so wie Musik, Heimat- und Erdkunde. Der Pelikan begleitete mich mehrere Jahre. Er fraß Patronen, ich sammelte die Kügelchen von den leergeschriebenen.

Wo ist mein Pelikan jetzt hingeflogen? Ich weiß es nicht. Er ist weg.

In mein Heimatkundebuch schrieb ich nur mit Bleistift, Anmerkungen, Gedächtnisstützen. Die schwarzweissen Illustrationen bekamen mit Buntstiften ihren Anstrich. Erst mit dem Füller begann ich ernsthaft zu schreiben. Mein Pelikan hatte ein Sichtfenster und genug Platz für eine Reservepatrone. Das gefiel mir außerordentlich. Er gab nicht so schnell auf, und ich war auch nach meiner harten Initiation per Griffel bereit, einen Kleckser nicht gleich krumm zu nehmen. Ein Pelikan ist, ähnlich wie ein Albatros oder ein Schwan, nicht sofort in der Luft. Er braucht Anlauf, er muß sich ordentlich in Schwung bringen. Aber wenn er dann mal fliegt: Eleganz ohne Ende. Außerdem ist er phänomenal ausdauernd. Er kann bis zu 24 Stunden am Stück fliegen. Das schaffte ich beim Schreiben nie.

Ich habe mir überlegt, in den Luisenpark zu gehen und die dort lebenden Pelikane aufzusuchen. Ich werde Erkundigungen einziehen, Studien betreiben. Vielleicht kann ich Ihnen etwas von ihrem Geheimnis entlocken, und sie erzählen mir, wie mir ausdauerndes Schreiben in Zukunft besser gelingen könnte.

Hasenbrot.

Winter. Schon fast dunkel. Und kalt. Überall sind schon die Bogenlampen und die Schaufenster erleuchtet. Wir gehen zum Tchibo. Papa abholen. Ich habe meine Kappe auf, die mit den Ohrenklappen. Dagi ihr kleines, rotes Mäntelchen. Mama trotz der Kälte ihre Pumps. Papa kommt jetzt gleich mit der Straßenbahn aus Mannheim-Käfertal. BBC. Brown, Boveri und Cie. Er prüft dort Elektromotoren, wie die in der Straßenbahn. Im Tchibo gibt es kleine, kreisrunde Stehtische. Auch welche am großen Schaufenster. Die elektrischen Kaffemühlen hinter dem Verkaufstresen mahlen die Bohnen in ohrenbetäubendem Lärm, doch es duftet wunderbar. Tassen und Löffel klappern. Mama bestellt für sich eine Tasse Kaffee, wir zwei bekommen Kakao. Wir haben unter der großen, runden Tischplatte ringsum eine eigene schmälere Abstellfläche, den Kindertisch. Ich rühre mit meinem Löffel den Kakao. Er ist noch zu heiß. Der Tchibo ist voll. Überall wird laut geredet, gelacht, die kreischenden Kaffeemühlen, das mehrmalige

Klopfen zum Schluß, das auch alles Pulver in der Tüte landet. Es ist schön Papa abzuholen.

Wir sind früh genug losgegangen. In aller Ruhe können wir unseren Kakao und Mama ihren Kaffee austrinken. Gibt es noch ein Stück Schokolade dazu? Oder einen Keks? Ja, einen Keks auf jeden Fall. Gespritzt oder gewaffelt.

Wir schauen auf die Uhr. Gleich kommt Papa. Wir gehen hinaus zur Haltestelle. Die beigegelbe Straßenbahn kommt. Sie hält. Ist Papa drin? Ja, er steigt aus. Er lacht, hat seine braune, schon ziemlich abgegriffene Ledertasche mit den Clipverschlüssen und den beiden Lederriemen in der Hand. Und? Papa? Hast du Hasenbrot?

Er sagt nichts und öffnet langsam seine Ledertasche. Er greift die Brotbüchse heraus. Und öffnet sie. Es riecht himmlisch. Schön durchgezogenes belegtes Brot mit Cervelat, Fleischwurst oder Käse. Es riecht nach einer fremden Welt, nach Fabrik, nach Arbeit. Wo Papa anders angezogen ist, ganz in blau. Die Arbeitsuniform.

Vielleicht gibt es ja bald einen Tag der offenen Tür in der Fabrik, hat Papa erzählt. Damit ich sehen kann, an was für einem Arbeitsplatz Papa arbeitet, dem Prüfstand.

Das belegte Brot riecht nach beidem: nach sich und nach geschlossener Gesellschaft hinter Werkstoren.

Der Hoppelhase hat uns wieder einmal nicht im Stich gelassen. Und die Übergabe während laufender Fahrt reibungslos geklappt. Wir bekommen jeder eines der Brote und schlendern langsam mit Papa und Mama kauend an den beleuchteten Schaufenstern in der Ludwigsstraße vorbei in Richtung nach Hause.

Schutzmänner.

Oft gab es sie nicht. Den Schutzmann an sich schon. Aber nicht als Verkehrspolizist auf einer großen Kreuzung. Speziell solch einen, der beispielsweise vor dem BASF-Hochhaus stand und wie aus dem Zirkus entflohen aussah. Eine schicke Uniform mit weissem Gürtel und Schulterriemen und langen, weissen Handschuhen, die fast bis an die Ellbogen reichten. Eine Trillerpfeife. Und ein Podest, wie es die Löwen in der Manege hatten. Darauf agierte er. Wenn ich solch einen Beamten sah, musste eine Studienpause eingelegt werden.

Die komplette Choreografie war bis ins Detail ausgetüftelt. Jede Bewegung des Arms in der Horizontalen oder Vertikalen weit ausholend und präzise rechtwinklig, wie ein Lineal. Aber nicht einfach mechanisch, wie ein Roboter. Nein, elegant, mit feinen, kaum sichtbaren Rundungen an den Umkehrpunkten. Das machte das ganze ästhetisch, kraftvoll. Und doch wiederum leicht, mühelos geschehend. Die Fahrzeughalter, denen er jeweils die Fahrerlaubnis erteilte, zog er wie an unsichtbaren Fäden in die Kurve und die gewünschte Richtung. Ein Künstler, ein Zauberer. Sich nicht an die Konventionen haltende Verkehrsteilnehmer wurden unverzüglich zur Räson gebracht. Floß der Verkehr, lächelte er manchmal, doch unauffällig, zurückhaltend.

Meistens klappte alles wie am Schnürchen. Und ich war hinreichend fasziniert. Vom Dompteur der Straße. Dem Pantomimen des Alltags. Ein theatralisches Vergnügen unter freiem, wenn auch abgasgeschwängerten Himmel.

Dass dann Ampeln kamen, war sicherlich praktisch. Vor allem nachts. Aber: Fällt heute eine Ampelanlage aus und muß in aller Not auf Handbetrieb umgestellt werden, sieht man den herben Verlust. Kein Vergleich zu meinem Schutzmann auf der Kreuzung, der noch wußte notwendiges Regelwerk ausdrucksvoll in Szene zu setzen. Der einfachen Weisungen Schönheit und Wohlgefallen verlieh.

RUFF, BLESS, PUTT.

Mindestens zehn Meter hoch. Mit weisser Farbe war auf die backsteinrot geziegelte Fassade der Walzmühle getüncht: RUFF, BLESS, PUTT. Stand da. Jeder, der von Ludwigshafen nach Mannheim oder umgekehrt die Rheinbrücke überquerte, konnte es lesen. Immer, wenn wir den langsam ansteigenden Fußgängerweg nahmen, rechts neben der Unterführung, der Schikane zum Berliner Platz, und es bis auf den Scheitel der Brücke geschafft hatten, konnte ich die geheimnisvolle Botschaft gründlich studieren: RUFF, BLESS, PUTT. Was heißt das, Mama? Mama wußte es auch nicht.

Aus der Ferne ein Grollen, ein Donnern. Ein Zug, der gleich dicht neben uns auf seinem metallenen Bahngleis den Rhein überqueren würde. Ein langer Güterzug, wie eine Herde wilder Bisons in der Prärie. Hier nur wie an einer Schnur aufgefädelt. Minutenlang donnerte und ratterte er an uns vorbei. Ich geriet jedesmal in solch eine Panik, das ich lauthals gegen meine Angst anschrie. Die gesamte Brücke bebte, der Lärm war ohrenbetäubend. In der Straßenbahn oder im Zug war es nicht viel besser. Dort verunsicherte mich neben zu großem Lärm und der Erschütterung das Nicht-Selbst-Gehen-Können, das Fremd-Bewegt-Werden, das Gefühl, dass mir der Boden unter den Füßen entglitt. Einem Ball hinterher rennen und ihn hoffentlich treffen war in Ordnung. Selbständig laufen, dorthin, wohin ich gern wollte, das auch. Aber alles andere, zumindest die ersten Jahre, ging gar nicht.

Die Walzmühle, das konnte man gut riechen, produzierte Tierfutter. Über lange Röhren, die aus dem riesigen Backsteingebäude über den gekiesten Uferweg quer durch die Luft gespannt waren, wurden Lastschiffe mit stinkendem Fischmehl beladen. Das war zumindest ein Anhaltspunkt. PUTT? Klar, so werden Hühner angelockt. Fressen Hühner Fischmehl? Und BLESS?

Im Naturkundebuch fand ich das Blesshuhn, komischerweise kein Huhn, sondern ein Wasservogel. Das auf der Stirn einen weißen Fleck trägt, so wie auch Pferde, Hunde und Katzen. Die Blesse. War es das? Oder war es vielleicht doch eher eine geheime Botschaft? Eine fremde Sprache, die nur Eingeweihte entschlüsseln konnten? Wie chinesisch. Oder ein Zauberspruch? Und was war mit RUFF? Das klang für mich noch am ehesten nach Hund, denn der macht WUFF. Aber Hundefutter?

Die drei Zauberworte sind verschwunden.

Das Hauptgebäude am Rhein steht zwar noch, aber in einer Gemengelage von Regionalbahnhof und einem Einkaufszentrum. Ich fahre mit dem Intercity über den 1968 eingeweihten Hauptbahnhof, vorbei an der kurz sichtbaren Westendstraße, sehe für einen Augenblick unser altes Mietshaus, links davor noch das EXCELSIOR-Hotel, und dann muss ich mich bei der Auffahrt zur Rheinbrücke wirklich anstrengen, damit ich noch das renovierte Gebäude der Walzmühle erspähe.

Aber ich kann die Worte hören: RUFF, BLESS, PUTT.

Sprache.

Ich dachte mir überhaupt nichts dabei. Woher auch. Die Worte gab es schon. Wenn wir bis zum Umfallen am kicken waren, sagten wir *bis zur Vergasung*. Frauen, die vorne auf der Illustrierten oder den Aushängen im Corso oder Filmpalast hingen, hatten *Atombusen*. Der meiner Mutter ging in diese Richtung. Sie sahen *bombig* aus und waren, geformt von speziell dafür entwickelten Miederwaren, spitz wie Raketen.

Für Afrika gab es *Entwicklungshilfe*. Das arme Negerkind mit dem Spendenschlitz in seiner geflochtenen Schale nickte dankbar, bei jeder Münze, die es schluckte. Wir konnten helfen, weil wir bereits, trotz überlebter Katastrophe, schon wieder so entwickelt waren. Frauen waren aber zu jener Zeit noch nicht entwickelt genug, um für sich einen Arbeitsvertrag abzuschließen oder ein eigenes Bankkonto einzurichten, ohne Erlaubnis ihres Ehegatten. Dafür durften wir aber bereits wieder eine neue deutsche Armee haben, auch wenn

Unverbesserliche und Volksverräter es nicht unterlassen konnten, lauthals dagegen zu protestieren.

Die Hand, die bei einigen Politikern abfallen sollte, blieb doch dran und führte die Unterschrift. Der Feind war der Russe und waren die *Schlitzaugen*, der Vietkong. Napalm ein probates Gegenmittel. Im Frühling oder Sommer gab es immer wieder *Bombenwetter*. Und einem jähzornigen Pfarrer *rutschte* aus Versehen schon mal *die Hand aus*, wenn eines seiner Kommunionskinder nicht artig war. Somit nichts ungewöhnliches.

Das neue Heilsversprechen war die Spaltung der Atome, zu friedlichen Zwecken. Mein Onkel Adolf berichtete erstaunt, das ich ihm in sehr jungen Jahren auf seine Frage, was ich denn da wohl male – es werden einfache, rudimentäre Flecken oder Punkte gewesen sein – antwortete: Das ist ein Atom. Ich meinte das ganz ernst.

Wir flogen in düsengetriebenen Mobilen zwischen Hochhäusern auf Stelzen und Schwebebahnen durch gigantische Siedlungen, mit kugelförmigen Plexiglashauben, in der Herrenhüte und wasserstoffblond toupierte Hochfrisuren Platz fanden. Oder wir lebten wie die Fische auf dem Meeresgrund, in Kolonien, in riesigen Glasglocken mit Aquakultur und dergleichen. Das hieß dann *utopisch*.

Eltern haften für ihre Kinder. Vielleicht war es aber schon längst wieder genau umgekehrt.

Der Turm.

Sie war übriggeblieben. Vom Krieg. Das war offensichtlich. Dessen Spuren waren unübersehbar. Trümmer, Baulücken, Niemandsland. An vielen Häuserwänden noch weiss getüncht: LSR und ein Pfeil. Von ihr, der Lutherkirche, stand nur noch der Turm. Und auch der war aufgerissen, angebrochen, schwer beschädigt. Aber die Uhr ging. Und sie schlug auch.

Vor der Kirche, von uns aus, dem Westend, lag der riesige Mess- und Marktplatz, unbefestigt, staubig. An der Heinigstraße, am Übergang, die Tankstelle. ARAL. Mit dem Tankwart, der im Winter in seinem ungeheizten Kassenraum angewärmtes Bier trank. Das wäre gut gegen Erkältung. Aus einer großen Literflasche mit Schnappverschluß. Wie die Bauarbeiter. Ich hätte gern einmal probiert, ob das schmeckt. Oder nur ekelig ist. Aber ich war zu schüchtern, um zu fragen.

Überall wurde abgerissen, Schutt entfernt und neu gebaut. Eisenflechter, Betonmischer. Einige der Bauarbeiter sprachen pfälzisch, viele aber auch schon in Sprachen, die ich da zum ersten Mal hörte: Italienisch, Portugiesisch, Spanisch, Jugoslawisch, Griechisch. Von weit her kamen sie, in Sonderzügen. Am Bahnhof, Sonntags morgens, standen sie herum, in Gruppen. In ihren Sonntagsanzügen. Erzählten und rauchten. Nur Männer. Hier gab es Arbeit. Dort, wo sie herkamen, anscheinend nicht. War es unser Glück, war es ihr Glück, das bei uns alles in Schutt und Asche gelegen hatte?

Das Neue und das Alte. Da die fremden, ausländischen Männer, die geholt wurden, um mit aufzubauen und dort die vielen aus dem Krieg Zurückgekehrten, die immer noch das Straßenbild prägten. Kriegsversehrte, mit Holzbein, einem fehlenden Arm, humpelnd, mit vernarbten Wunden von Granatsplittern oder Phosphor. Der Krieg, der nachwirkte. In seinen Spuren vielleicht noch deutlicher, weil niemand mehr darüber sprach und die glitzernden und beleuchteten Verkaufsauslagen die Zukunft verhießen.

Die Fremdarbeiter hießen jetzt *Gastarbeiter*, wurden in ähnlichen Behelfsheimen oder Baracken untergebracht wie die Flüchtlinge aus dem Osten, wie meine Eltern. Oder wie die Zwangsarbeiter früher. Dass sie blieben, die Gastarbeiter, glaubte keiner. Aber viele blieben, sie holten Frauen und Kinder oder gründeten Familien.

Zu Anfang, als ich noch kleiner war, dachte ich, es sind Verwandte von denen, die manchmal an unserer Haustür klingelten: eine Frau oder ein Mann mit einem Orientteppich auf der Schulter, die Frau mit pechschwarzem Haar, bekleidet mit einem langen, bunten Rock, an der Hand oft noch ein Kind. Zigeuner.

Mama wimmelte sie so gut es ging ab. Wir hatten auch kein Geld für einen echten, schweren Teppich. Sie war froh, die Tür wieder schnell schließen zu können. Ich erfuhr, dass sie nicht in festen Wohnungen wie wir lebten, sondern in Wohnwägen, wie die Schausteller und Zirkusleute, die regelmäßig auf den Messplatz kamen, ihre Zelte aufbauten und ihre Fahrgeschäfte betrieben. Direkt neben dem einsam aufragenden, übriggebliebenen Turm der Lutherkirche.

Die Turmuhr schlug sechs. Ganz gleich in welcher Sprache man die Schläge zählte.

Siggi, der Held.

In der 61. Minute war es endlich soweit. Geschickt läuft er sich frei, findet die Gasse kurz vor dem gegnerischen Strafraum, bekommt den Pass und schickt das Leder ohne viel Federlesen in vollem Volley in die obere rechte Ecke der Liverpooler. Die Borussen führen 1:0. Es ist der 5. Mai 1966. In aller Welt protestieren Studenten gegen den Vietnamkrieg, exakt zwei Jahre später werden sie in Paris zusammen mit jungen Arbeitern Barrikaden errichten und den Aufstand proben. Ich sitze bei meinem Schulfreund Hubert, der zwei Häuser weiter wohnt, und darf mit ihm das Europapokal-Finale »meiner« Mannschaft anschauen. Das war für meine Verhältnisse aufregend genug.

Der Stürmer, der Linksaußen, der die Borussen in Führung gebracht hatte, war flink, schmächtig und hatte einen hellblonden Kurzhaarschnitt. Genauso wie ich. Einen Mecki. Sigfried Held, von allen aber nur Siggi genannt, war mein Fußballheld. So wie er wollte ich sein: gewitzt, immer mit flinkem Auge auf Lücken und Chancen achtend und Tore schießend. Siggi und sein bester Freund Lothar Emmerich waren das Traumpaar. Ich liebte ihre Trikots, ihre Farben: leuchtendes Gelb und tiefes Schwarz. Und das Stadion, in dem sie zu Hause spielten, hieß *Rote Erde*, wie aus einem Winnetou-Film.

Auf roter Erde spielten wir auch. Einem Hartplatz mit rotem Splitt, die Knieabschürfungen hatten kaum Zeit abzuheilen. Im Gegensatz zum Dortmunder Stadion mit sattem grünen Rasen und Tribünen blieb gepflegter englischer Rasen, den wir zwar im Fernsehen oder auf unseren Sammelbildern sahen, ein Wunschtraum in meiner intensiven, aber doch kurzen Fußballerkarriere. Unser Spielfeld war mit hohem Drahtgeflecht eingezäunt, wir spielten inmitten eines bewohnten Karrees. Und die Tore sahen auch nicht aus wie Tore eigentlich auszusehen hatten. Das war uns aber egal. Wir improvisierten sowieso, spielten meist in kleinen Besetzungen.

Jeden Nachmittag ging es direkt nach der Schule und dem Mittagessen – an Hausaufgaben kann ich mich in dieser Zeit kaum erinnern – zum Platz, egal, wie das Wetter war. Ein Lederball? Nie gesehen. Hauptsache, er war ausreichend aufgepumpt und kein schlaffer Sack. Natürlich träumte ich von einem Lederball, dem idealen Lederball. Der war goldbraun, aus Büffelleder.

Er roch gut und selbstverständlich war er handgenäht. Ich würde ihn hüten wie meinen Augapfel, ihn mit ins Bett nehmen, wie auf einem Kopfkissen auf ihm schlafen, mit ihm unter dem Arm ins Südweststadion oder ins Stadion *Rote Erde* laufen. Sicher haben die Apachen schon mit solchen Lederbällen gekickt, mit ihren Mokassins. Schöne, knuffige Lederbälle, vielleicht noch verziert mit Tierblut oder Pflanzenfarbe.

Der Hartplatz, *de Roode*, das war das Ziel.

Ich rannte, ich schrie, ich gewann, ich verlor. Ich fiel hin, stand wieder auf. Keiner sagte mir, was ich zu tun hatte. Unser Spiel organisierten wir selbst. Im Fußball war Musik, da war Rhythmus. Das konnte natürlich keiner besser als er: Pelé. Der Fußballgott aus São Paulo. So leichtfüssig wie er, so elegant. Richtig begriffen habe ich das erst später, denn was die Brasilianer schon im Jahr meiner Geburt 1958 zauberten, war außerirdisch. Und da war er bereits der Prinz, die Primaballerina. Er spielte wunderschön und er lachte. Seine Zähne blitzten. Es schien alles so mühelos.

An diesem 5. Mai 1966 holten die Borussen den Cup ins Revier. Siggi scheitert in der 106. Minute der Verlängerung zwar am englischen Torkeeper, den Abpraller aber nutzt der ebenfalls grandiose Stan Libuda für seine »Bogenlampe«, die zum 2:1 Siegtreffer führte. Im Sommer darauf war die WM in England und Siggi hatte mit seinen Mannschaftskollegen Hans Tilkowski und Lothar Emmerich im Endspiel die Chance auch noch den Weltmeistertitel zu holen. Doch es sollte nicht sein.

War der Ball nun vor oder hinter der Linie? Nicht nur mein Vater schürte Verschwörungstheorien. Sauer wäre der russische Linienrichter mit dem Schnäuzer gewesen, gekauft, weil die Deutschen die Russen im Halbfinale aus dem Turnier geworfen hätten. Alles Schiebung.

Ernüchtert musste ich feststellen – bereits mit acht Jahren – dass in der Welt nicht alles mit rechten Dingen zugeht und das der liebe Gott auch nicht immer und überall mit wachsamem und gerechtem Auge wacht, selbst nicht im Fußball.

Indianerland.

Ein eigenartiges Bild. Ich sitze am Rand des Bürgersteigs und plötzlich fährt ein grüngelber Mähdrescher an mir vorbei, hier, mitten in der Stadt, eine riesige, mechanische Heuschrecke und biegt hinter mir, nur ein paar Meter entfernt, in die Hofeinfahrt ein. Vom Fenster des elterlichen Schlaf- oder Wohnzimmers konnte ich sie sehen, wenn ich auf einen Stuhl oder auf das Sofa stieg: die Lanzvilla, schräg gegenüber. Sie lag im Indianerland, zwischen Büschen und Weiden, dahinter nur noch der Bahndamm, Betreten verboten. In der Villa wohnte Gabriele, schon ein großes Mädchen, zu der wir manchmal zu Besuch durften. Die »Villa« gehörte zu LANZ, der traditionsreichen Mannheimer Landmaschinenfabrik. Überall auf pfälzischen Äckern oder durch die Dorfgässchen an der Weinstraße tuckerten deren Bulldogs. Die alten in Blaurot, die neuen bereits lackiert in Grüngelb, den Farben von John Deere, den Amerikanern, die LANZ geschluckt hatten. Immer wieder fuhren Landmaschinen,

Traktoren und Mähdrescher durch unsere Straße und die Einfahrt in den Dschungel hinein. Was da genau war, habe ich nie erfahren, vielleicht ein Kundendienst, eine Reparaturwerkstatt. Dort im unwegsamen Gelände schnitzten wir Pfeile für unsere Bögen, dösten am Rande des Bahndamms, spielten Cowboy und Indianer. Ich zählte Waggons, entzifferte die Beschriftungen. Hin und wieder fauchte auch eine Dampflok heran. Hörte ich sie von weitem, versuchte ich einzuschätzen, wo ich sie erwischen konnte, um sie mit Pfeil und Bogen zu stoppen.

Die Villa war nicht schön, eher düster, unheimlich. Wer waren die Eltern von Gabriele? Ein Geschäftsführer und seine Frau? Der Hausmeister? Meine Schwester und ich spürten auf jeden Fall, dass sie unsere Besuche ebenso genoß wie wir. Vielleicht war sie oft allein. Sie las uns aus Büchern vor. Wir malten oder bastelten etwas, bekamen dort Dinge zu essen oder zu trinken, die wir noch nicht kannten, spezielles Salzgebäck oder Ananas in echt. Wir, die sonst nachmittags beim Spielen draußen Mama nach Zuckerbrot riefen, weil wir so getobt hatten und hungrig waren. Vielleicht sah Gabriele in uns auch ihre kleineren Geschwister. Um die sie sich kümmern konnte.

Irgendwann war sie plötzlich weg.

Eine Abrißbirne an einem Bagger zerschlug die Villa.

Bald sollte hier der modernste Bahnhof, den Ludwigshafen je gesehen hatte, entstehen – auf unserem Territorium.

Auto, Auto.

Soll eines meiner ersten Worte gewesen sein. Ich entdecke eines, im Stadtbild oder auf der Landstraße. Überrascht jauchze ich auf, Dagmar lächelt milde. Es klingt so, als würde ich einen süssen Säugling erblicken. Das kann sein, aber sie ahnt bereits, das es sich in diesem Falle – wieder einmal – um ein Automobil aus meiner Kinderzeit handelt. Mir fällt jedes Mal als erstes auf wie zierlich, unaufdringlich solch ein Fahrzeug im Vergleich zu heutigen, aufgeblasenen, traktorbereiften Hirschfängern in Erscheinung tritt. Fast unschuldig, auch wenn mir der Geruch der Auspuffgase rasch deutlich macht, daß es sich um ein Fortbewegungsmittel mit Verbrennungsmotor handelt, ohne Kat und ohne Filter.

Hast du schon einmal solch ein schönes Auto gesehen? Modelle mit Namen, die heute ausgestorben sind, mit wunderlichen Formen, welche mit Gesichtern, solche, die nicht viel größer waren als die Cabriolets und

Spritzenwagen auf dem Karussell auf dem Messplatz. Die Arabella von Lloyd, ein gelber Schmetterling aus dem Märchenwald, der Brezelkäfer mit seinen leuchtenden Maikäferflügeln, den ein- und ausklappbaren Winkern am Türholm. Das Isetta-Ei mit der Kühlschrank-Einstiegstür und der Messerschmidt-Kabinenroller mit zwei engstehenden Knopfaugen, anschmiegsamen Kotflügeln und seinem Kugelbauch, wie ein großes Insekt.

Imposantere Modelle gab es auch. Zum Beispiel den BMW 501, der mit schwungvoller Gürtellinie als Polizeifunkstreife ISAR 12 und Tatü-Tata durch München und unseren ersten Fernseher brauste. Mein Onkel Siegfried vom Bodensee fuhr bescheidener: einen Prinz, einen NSU Prinz, geformt wie eine Babybadewanne.

Im Hof des Gesundheitsamtes, parkte regelmäßig eine – es hieß Ärztin oder Sekretärin – auf jeden Fall alleinstehende Dame. Sie fuhr einen knallroten Karmann Ghia, im Sommer offen, sie mit Kopftuch und Sonnenbrille, schick angezogen, das Cabriolet mit ebenso schicken Weisswandreifen und Chromblenden auf den Felgen. Sie fuhr stets schnell, zu schnell, und soll auch irgendwann an der Heinigstraße einen furchtbaren Unfall verursacht haben. Den Anschnallgurt gab es noch nicht. Und die Lenkradsäule wurde einem leicht zum tödlichen Spieß. Der Bremsweg war lang, etwas

Blech der einzige Schutz. Ich bilde mir ein, dass ich sie nach diesem Unfall auch nie wieder hineinfahren sah, auf den Hof des Gesundheitsamtes. Vielleicht hatte sie den Wagen zu Schrott gefahren, oder man hatte ihr den Führerschein abgenommen. Oder sie hat es selbst mit der Angst zu tun bekommen.

Mit unserem ersten Auto, einem schwarzweissen VW 1500, aber vor allem später, mit dem zweiten, dem weissen Audi 100 GLS, fuhren wir bei langen Urlaubsstrecken auf der Autobahn ebenfalls viel zu schnell. Gerade wenn wir, alle übermüdet nach Stunden, fast zu Hause waren. Eine rasende Zeitbombe. Wir hatten Glück, dass uns nichts passierte. Selbst mit dem Fahrrad fahre ich heute defensiv, langsamer als die meisten Anderen. Am liebsten dort, wo mir so wenig Autos wie möglich begegnen.

Jauchze ich heute überrascht auf, kann es ein kleines fressendes Kaninchen in der Grünanlage sein. Vielleicht aber auch ein pastellfarbenes Modell aus den 50iger Jahren, das ich in einer schmalen Garage entdecke und welches von seinem Besitzer gerade auf Hochglanz poliert wird.

Murmeln.

Gut, dass nicht schon alle Bürgersteige und Wege geplättelt oder asphaltiert waren. Es gab reichlich Stellen, an denen der Untergrund unbefestigt war, nur gestampfte Erde. Selbst hier, fast mitten in der Stadt. Am besten waren Trümmergrundstücke oder unbewohnte Häuser. Leicht ließ sich mit den Fingern oder einem Holzstöckchen, einem Löffel, ein Loch graben, in das die Murmeln rollen sollten. Jeder war stolz auf seinen Schatz, den er im Spielbetrieb mit sich trug. Es gab Spielklicker und besondere nur zum Anschauen. Größere, mit extravaganten Farbschlieren oder Einschlüssen, die man sammelte, höchstens tauschte. Die Spielklicker waren zwar auch bunt, aber entweder aus Ton oder Metall oder es waren kleinere aus Glas.

Mit dem von Mama genähten Murmelsack ging es raus. Vorsichtig mit dem Daumen oder Zeigefinger geschnippst rollte der Klicker auf das Loch zu. Gut, wenn sich dabei ein Gegner weggecksen ließ oder sogar mit ins Loch. Schlecht, wenn der Schwung nicht gefühlvoll genug war und der Klicker entweder vor dem Loch liegenblieb oder von der Mauer abprallte und zurückrollte. Nun konnte er verloren sein. War der Untergrund zu hart, um ein Loch zu graben, spielten wir die Variante, welche Murmel der Mauer am nächsten kommt. Die Kür war Spielorte auszuwählen, an denen die Gefahr bestand, dass die Spielkugel in einen Gulli am Bordstein plumpste und für immer verschwand.

Die Klicker waren unsere Währung. Ein guter, schöner Klicker ging auch für Kaugummi oder Gutsel. Sicher waren die allerschönsten, großen, mit den schillerndsten Farben von den berühmten Glasbläsern der Laguneninsel Murano geblasen. Jede einzelne ein Kunstwerk für sich. Die Sonne brach sich in einer von ihnen hundertfach, in immer neuen Ansichten. Zwei, drei solch schöner Prachtexemplare hatte ich vielleicht, sicher nicht aus Murano.

In meinem kleinen blauen Pappkoffer lagen sie, neben Pfeilspitzen, Rheinkieseln, ein paar Knöpfen, einer sogar mit Perlmutt, und einem kleinen, wohlriechenden Kiefernzapfen.

Der stille Don.

Wenn sie auf mich zuritten, die Vier, war der Vorspann fast vorbei. Die Landkarte mit den Umrissen der Ranch, die plötzlich aufflammte, sich mit schwarzen Rußrändern in die Mattscheibe fraß, die flotte Melodie, dann die vier Cowboys auf ihren Pferden. Da irritierte mich schon, dass einer fehlte, der am Anfang erwähnt wurde. Ein Starring. Danach passte es: zuerst Pa Ben, dann Adam, Hoss und Little Joe. Little Joe mochte ich am liebsten.

Wie sie alle Vier, auf ihrem Gaul tänzelnd, in die Kamera grinsten oder sich verschmitzt den Hut zurechtrückten, gefiel mir. Nur Starring, der tauchte nie auf. Andere Figuren, ja, die schon. Hop Sing, der chinesische Koch, der die gußeiserne Pfanne aufwirbeln ließ, um mit *Das Essen ist feltig* aufzutischen. Frauen auch, aber selten. Die Cartwrights genügten sich selbst. Wenn Adam Rinder einfing oder Zäune reparierte, Little Joe sich im Saloon um Kopf und Kragen redete und Hoss sich mit einem Strohhalm die Zahnzwischenräume säuberte, war mit Ben, mit Pa, die Welt in Ordnung. Selbst zu den Indianern waren sie nett. Aber je älter ich wurde, kamen die Fragen und wuchsen Zweifel: Wieso hat Pa drei so verschieden aussehende Söhne? Und: Wo sind die Mütter dazu? Das mit Starring hatte sich für mich in der Zwischenzeit geklärt. Aber was ich nicht wusste, und nur durch einen Zufall erfuhr: Nicht etwa, dass seine drei Frauen, die ihm die propperen Burschen geschenkt hatten, auf tragische Weise eine nach der anderen verstorben waren. Nein. Das nicht. Es war viel schlimmer: Pa hatte noch einen Sohn, den keiner sehen durfte.

Einer der seltenen Gänge noch kurz vor dem Abendessen. Mein Papa verspürte, was nicht oft vorkam, Durst auf ein frisches Bier. Ich war sofort Feuer und Flamme und würde ihm eine große Flasche aus dem Bürgerbräu an der Dörrhorststraße holen. Ich also los mit stolzer Brust, mit dem Einkaufsnetz und dem nötigen Kleingeld. Rasch war ich an der Eckkneipe.

Als ich die schwere Wirtshaustür öffnete, schlug mir warme, stickige und von Zigaretten verräucherte Luft entgegen, die meisten Tische waren besetzt. Neben der Theke, hinter der der Wirt hantierte, saßen an der Eckbank drei, die ihr Export tranken und Karten spielten. Da so viel los war, musste ich warten, bis ich meine Bestellung aufgeben konnte. Dabei schnappte ich Ungeheuerliches auf.

»De Benn, der dud aa nur so.
Der hott aa nix obrenne losse.«
»Wie, de Benn?«
»A jo, de Benn funn de Ponderosa.
Der hott was mit ner Russin ghabbt.«
»Hoinz, was verzällschd donn widder färn Scheis.«
»Männers, isch wees, s'is hard. Awwer so waars.
Isch verzälls eisch.«

Ich wartete weiter. Da ich kaum über die Theke ragte, sah mich der Wirt nicht. Aber bei dieser spannenden Geschichte war mir das recht. Ben hatte vor langer Zeit eine Affäre, mit einer bildhübschen Russin, wußte *Hoinz* zu berichten. Und das blieb nicht ohne Folgen.

Dass sie in Wirklichkeit eine Spionin war, wußte Ben natürlich nicht. Plötzlich mußte sie nach Russland, ihr Vater sei schwer krank. Und der Junge hätte seinen Großvater noch nie gesehen. Sie kamen nie wieder zurück, was Ben nicht verstand und sein Vaterherz bluten ließ. Als der Junge siebzehn war, verlor er seine Mutter. Kurz vor ihrem Tode erfuhr er, dass sein Vater auf einer Ranch auf der anderen Seite der Welt lebte, dazwischen der Große Teich. So zog er los. Zu seiner Familie. Ihn hielt ja nichts. Erstaunt und ungläubig schauten die beiden Zechbrüder Heinz an.

»Und wieso derf der nett in de Gschicht vorkumme?«
»Männers, des is doch logisch.«
Heinz wurde fast förmlich.
»Oin halbrussischer Sohn vunn änner Spionin.
In Amerika? S'konnscht vergesse.
Än meeglische Bolschewist,
vielleischt än Terrorischt. Koi Chance.«

Ich verstand nicht alles. Zum Beispiel das mit dem Bolschewisten. Aber ich bekam noch mit, dass er Don hieß, der stille Don. Weil er nie sprach. Er säße immer nur rum und schrieb. Dass die drei hier am Tisch diese traurige Geschichte so lustig fanden, verstand ich überhaupt nicht. Aber sie war so spannend, dass ich es nun eilig hatte. Das mußte ich unbedingt meiner kleinen Schwester erzählen. Ich hüpfte und ruderte mit den Armen, bis mich der Wirt endlich sah und mein Vater doch noch sein Bier bekam.

Ich sah Don vor mir, wie er plötzlich auf der *Ponderosa* auftauchte. Da stand er, mit seinem graugrünen Parka mit den Walfischzahnverschlüssen, einem Seesack über der Schulter, vor der Ranch. Pa hatte ihn an der Bahnstation in Virginia City abgeholt. Und vorher nichts gesagt.

»Wer ist das, Pa?«
»Das ist euer Bruder.«
»Wie, unser Bruder?«
»Ja, er kommt von weit her, aus dem Osten in der Alten Welt.«
»Bruder, wie heißt du?«
Don schwieg.
»Er heißt Don.«

Das war alles. Don sprach nie. Er kam wie von einem anderen Stern, mied die Gesellschaft seiner Brüder. Er ging nicht in die Stadt, geschweige denn in den Saloon. Was er aber liebte, war lesen und schreiben. Und das tat er, unentwegt. Er saß meistens hinter der Scheune, zwischen zwei Strohballen und hielt ein dickes, ledergebundenes Buch in seinen Händen, aufgeschlagen. Selbst wenn Adam, Hoss oder Little Joe besser lesen gelernt hätten, sie hätten nicht viel verstanden. Höchstens mit den Achseln gezuckt. Es war nicht mal Englisch. Das hier war kryptisch. Für sie nicht lesbar. Kyrillisch.

Wenn ich heute an Don denke, von dem ich damals im Bürgerbräu erfuhr, sehe ich ihn folgendermaßen vor mir: Während Pa und seine Brüder mit Rindern und

Ranch eine Folge nach der anderen füllten, las Don Tolstoi oder Puschkin, in russischen Originalausgaben. Schmöker, die er in seinem Seesack mitgebracht hatte. Sie ahnten nicht, dass auch Don auf dem Papier Abenteuer und erschütternde Dramen erlebte, vielleicht noch spannendere als ihre. Vom Freiheitskampf gegen napoleonische Fremdherrschaft, stundenlangen Gesprächen und Disputen russischer Adliger, Geschichten voller Liebeskummer und Hahnenkämpfe. Oder von den Kosaken, die ähnlich wie sie, über die russische Steppe ritten und dort mächtig Staub aufwirbelten. Von all dem erfuhren sie nichts. Der stille Don war still, sehr still. Trug einen Bart, rauchte Pfeife und lächelte nie. Wobei: Einmal, nur einmal war es anders.

Nach einem langen und entbehrungsreichen Arbeitstag saßen Pa und seine Brüder müde und verschwitzt mit Don in der Abenddämmerung um ein rasch entfachtes Lagerfeuer. In der heißen Glut lagen ein paar Kartoffeln. Adam ergriff das Banjo, spielte ein, zwei Songs und sang. Da plötzlich lächelte Don. Seine Augen glänzten im Feuerschein und er sang eine kleine Melodie, fremd und doch seltsam vertraut, in einer Sprache, die sie nicht kannten, aber verzauberte. Und als Dons Brüder in diesem Augenblick auf ihren Vater blickten, sahen sie, dass er mit Tränen in den Augen vor dem Feuer saß. Das Lächeln, das Lied, das Don am Lagerfeuer angestimmt hatte: nach Monaten das erste Signal, das er aus seiner Welt herausschickte. Dieses eine Mal.

Dann war wieder Schluß. Keine Quelle, die langsam zu sprudeln anfing, nur ein vorsichtiges Öffnen der Muschelschale, bevor sie sich wieder verschloß. Seitdem ich damals die Geschichte aufgeschnappt hatte, hielt ich mit meiner Schwester in jeder Folge Ausschau nach verräterischen Spuren des stillen Don.

Wir hatten schon fast die Hoffnung aufgegeben. Aber dann fand ich ihn dort, wo ich ihn am allerwenigsten vermutet hätte. Ich musste wieder einmal in der Stadtbücherei einen großen Stapel Bücher zurückgeben. Da sah ich ihn. Auf einem Plastikständer, Rubrik Romane, stand als Empfehlung ein dickes rotes Buch mit schwarzen Lettern: *Der stille Don*. Von einem gewissen Michail Scholochow. Also doch! Wie elektrisiert griff ich danach. Ja, ich konnte es auch ausleihen. Es gab sogar zwei Bände, Band 1 und Band 2. War an der Geschichte doch was dran! Hatte hier jemand den Mut und erzählt die ganze Wahrheit? Ganz aufgeregt und neugierig trug ich den Wälzer nach Hause und hoffte endlich mehr zu erfahren über den geheimnisvollen Don. Nach einem umfangreichen Personenregister, das mich aber nicht weiter beeindruckte, klangen die ersten Zeilen vielversprechend.

Es geht um einen Hof, den Melechowschen Hof, der ganz am Ende des Dorfs in der Steppe liegt. Ein Kosake, Prokofi, kehrt zurück auf seinen Hof. Vom letzten türkischen Feldzug hat er sich ein Weib mitgebracht. Bereits im zweiten Satz wird er erwähnt: *Das Tor des Viehhofs führt nach Norden, zum Don.* Aha. Fiebrig lese ich weiter. Ich lese und lese. Weiter von Prokofi und seiner Frau. Die von allen Dorfbewohnern als Hexe angesehen wird, ein Kind bekommt, eine Frühgeburt, und dabei stirbt. Wo ist Don?

Schlagartig geht es weiter durch die Generationen. Der »Frühgeborene«, Pantelej, begräbt bald seinen Vater. Der hat ihn aber vorher noch mit der Nachbarstochter verheiratet, die ihm zwei Söhne, Pjor und Grigori, zur Welt bringt. Mit dem einen, Grigori, dem Jüngeren, geht die Geschichte nun voran. Aber wieder kein Don.

Dieser Scholochow schrieb schön. Wirklich. Der Alte, Pantelej, geht mit seinem Jüngsten, Grigori, in der Morgendämmerung angeln, zum Schwarzen Strom. Das war alles sehr stimmungsvoll. Für mich sahen sie aus wie Ben und Little Joe. Aber die Figuren und die Namen häuften sich.

Langsam verlor ich den Überblick. Mitka, Alexej, Martin, Prochor, Dunjaschka ... Es wurden immer mehr.

Nur Don tauchte nicht mehr auf. Irgendwann war ich erschöpft und meine Geduld am Ende. Ich strich die Segel. Ob auf der *Ponderosa* oder dem Buch, das seinen Namen trug, Don bevorzugte die Stille und das Dunkel.

Viele Jahre später fiel es mir wieder ein und da verstand ich, warum Heinz und seine Zechbrüder damals so gelacht hatten, als *de Hoinz* die Geschichte von Ben Cartwright und seinen Söhnen in die Welt gesetzt hatte.

Es wäre so einfach gewesen. Ich hätte nur auf der Rückseite des umfangreichen Personenregisters, bevor der Roman beginnt, auf eines der zwei kleingedruckten Kosakenlieder achten sollen, die dort als Widmung standen.

He du, Väterchen, he du, stiller Don!
Warum ist so trüb dein Gewässerlein?

Wie soll ich, stiller Don, denn nicht trübe sein!
Aus dem tiefen Grund rieseln Quellen kalt,
und inmitten mir, in dem stillen Don,
trüben Fische mein Gewässerlein.

Leibesübungen.

Oh, wie ich es hasste. Mit dem Turnsack für die Sportschuhe und die kurze Hose in die Turnhalle, die vorn am Haupteingang lag. Die blauen Matten aus der Kammer vom Stapel hieven und in die Halle tragen. Mit dem Gestank von Generationen von Käsfüssen und Schweiß. Und dann die fies schweren braunen Medizinbälle, wie mit Sand oder Beton gefüllte Riesenkürbisse. Für was die »medizinisch« gut sein sollten, blieb und bleibt mir ein Rätsel. Dies alles für die anstehende Schulstunde: Leibesübungen.

Zu dieser Zeit noch eine reine Männerveranstaltung. Auch auf dem Schulhof gab es eine weisse Demarkationslinie, die Jungen und Mädchen in den Pausen separierte. Das wurde streng beaufsichtigt. Wir saugten mit Strohhalmen aus pyramidenförmigen Milch- oder Kakaotüten, die es beim Hausmeister gab, geschlechtergetrennt. Zwar flogen Bälle oder Papierkügelchen wie Curarepfeile von einem Feld ins andere. Aber das blonde

Gift war zu weit entfernt, und im Grunde auch noch uninteressant. Mir reichte schon zu Hause meine kleine Schwester.

Die Turnstunde. Wohlgeordnete Körperertüchtigung. Über gestapelte Holzkästen, den Bock, die Sprossenwand, die Ringe. Und dann das Reck. Mit der »beliebtesten« Turnübung überhaupt: dem Feldaufschwung. Die Übung mit dem *Weissen Neger Wumbaba*-Effekt. Diese verlangt, sich todesmutig kopfüber in eine Umkehrhaltung und wie eine Schiffsschaukel in einen Rückwärts-Überschlag zu schwingen und die Vollendung in einer aufrechten Endposition zu finden. Und die – was ich über ein halbes Jahrhundert so abgespeichert hatte – überhaupt nicht »Feldaufschwung«, sondern eigentlich »Felgaufschwung« heißt. Wo zum Teufel ist an meiner Hüfte eine Felge? Wo bin ich tiefergelegt? Wo ist das Rad?

Ich konnte ihn zwar irgendwann, aber ich mochte ihn nicht, den Aufschwung. So wenig wie den Liegestütz. Wir waren wie erlöst, wenn es in den letzten Minuten noch in die Mannschaftsspielphase ging: Völker- oder Handball. Aber am schönsten war, wenn »Leibesübungen« ausfiel. Dann konnte sich mein Leib unter Umständen, mit etwas Glück, im Freien bei einem lockeren Fussballmatch austoben.

Lichtspiele.

Der Schriftzug soll bleiben, heißt es. Die Fassade: ein gigantisches Kofferradio, der geriffelte Stoffbezug, die drei runden Regler links oben und dann diese schwungvolle, handgeschriebene Schrift: *Corso*. Dort sah ich dich zum ersten Mal, Winnetou. Mit dem *Schatz im Silbersee*. Der in Falten geworfene Bühnenvorhang. Er öffnet sich. Im Halbdunkel die Werbung, der Vorfilm, dann etwas mehr Licht: die Eisfrau mit ihrem Bauchladen und Langnese-Eis. Gleich geht es richtig los. Der Vorhang läuft wieder zusammen. Bevor er wieder richtig zur Ruhe gekommen ist, verglimmt weich das Seitenlicht. Es wird völlig dunkel, nun rauscht der Vorhang wieder auf.

Musik setzt ein und sofort ist alles da, die Erwartung, die Spannung, das Erhabene. Da reiten die Indianer, die Apachen mit Winnetou, ihrem Häuptling. Edel und aufrecht. Ich hätte es nicht so sagen können. Aber es fühlte sich genau so an. Voll Mut. Voll edlem Mut.

Als die Kirchenorgel einsetzt, kneife ich beide Augen leicht zusammen. Die vielen Kerzen links und rechts des Altars beginnen zu verschwimmen. Jedes einzelne Kerzenlicht bildet einen goldenen Strahlenkranz, sie verschmelzen zu einem Meer von Lichtern, die auf einem See tanzen. Ministranten zu beiden Seiten des Pfarrers in seinem roten Talar schwenken an langen Ketten kleine Kessel mit Weihrauch. Die Orgel schwillt an und jubiliert in allen Registern. Die Messe hat ihren Höhepunkt erreicht. Bald kommt die Hostie, der Leib Christi. Ich lasse das Strahlenmeer in meinem Blick von Schärfe zu Unschärfe hin und her wandern, ein Ballett der Lichter, eingerahmt von rauchschwenkenden Ministranten.

Das Kasperle war da bodenständiger. Plötzlich sprang es durch den Vorhangspalt und begrüßte das junge Publikum. Kasperle hatte eine kräftige Hakennase und ließ sich nichts gefallen. Nichts vom Polizisten und auch nicht vom Krokodil. Sie rauften und sie schlugen sich. Dieses Theater war laut, derb, zum Lachen, zum Schreien. Immer wieder zappelte und rappelte es hinter dem samtgrünen Vorhang.

War Kasperle *handgreiflich*, so erscheint das Neue aus dem Dunkel. In der Nachmittagsvorstellung. Im Saal, in dem ich mit anderen Kindern in plüschigen Klappsesseln sitze. Über und hinter mir der Lichtkegel, der von der Vorführkabine aus dem Projektor strahlt, der den schwebenden aufgewirbelten Staub der Polster sichtbar macht, das zahnrädrige Klappern der Filmrolle. Zum Start der Vorfilm. Zeichentrick.

Ich sehe die Figuren, die auf der ersten Tapete hinter dem Gitterbettchen gemalt waren, oder die auf der Decke, auf der ich mit meiner kleinen Schwester spielte. Donald Duck, Micky Maus, Pluto und besonders Goofy, den fand ich am besten. In einer Episode überlistet er unentwegt den Schurken Kater Karlo – immer tolpatschig und mehr aus Versehen – und wird zu guter Letzt sogar noch Sheriff des Westernstädtchens, wofür er von seiner Angebeteten mit einem dicken Kuss belohnt wird.

Atemberaubende Bewegungen, schnelle Schnitte, kräftige Farben. Kasperle in Cinemascope: rasende Landschaften, dauernd wechselnde Perspektiven, vermenschlichte Tiere, die mit ihren Körpern Stimmungen ausdrücken und wild gestikulieren. Verzerrte Proportionen. Dinge, die ein Mensch oder Tier niemals zustande brächte, mit den Augen, den Augenbrauen, den Ohren, hier aber als Zeichentrick, bewegt gelingen. Ja, es gab auch die gefrorene, gedruckte Version auf den Bilderstreifen der Micky Maus oder Fix und Foxi-Heftchen. Hier aber packte mich das neue, bewegte

Medium mit aller Kraft, mit allen Sinnen, ließ meine Ohren rot werden vor Spannung. Danach gab es zum Durchschnaufen eine Pause.

Wieder rauscht der Vorhang zu. Die Seitenlichter erglimmen, weich in mittlerer Stärke. Ich drücke mich in den dicken Sessel und erwarte fiebernd den Hauptfilm.

Vierzwovier.

424 Kilometer von hier entfernt, flußabwärts, fing der Rhein an zu zählen. Ich flitschte flache Kiesel, schnupperte brackiges Uferwasser und Diesel und träumte mich weg. 424 war fast die Hälfte, die der Binnenschiffer bis Rotterdam brauchte, ein gutes Stück, mittendrin. Riesige weiße, schwarzumrandete Tafeln mit drei schwarzen Ziffern. So groß, dass sie auch von der gegenüberliegenden Seite gut zu sehen waren. Wie sie das wohl gemessen haben, und wo? Am Rand, oder in der Mitte, im reißenden Strom? Mit dem Meter, das in Paris oder London aufbewahrt wird?

Mit dem nächsten Kiesel verwarf ich diese Theorie und versuchte nun einzuschätzen, wie schnell so ein Frachtkahn mit voller Ladung rheinabwärts sein könnte? Wie viele Kilometer sind ein Knoten? Schneller als ein Fahrrad oder Moped? Ob es Wettrennen gab?

Auf der Rheinbrücke kam gerade wieder ein Güterzug angerollt. Was schwappte da in den runden Kesseln auf den Waggons? Ich fing an die Waggons zu zählen. Einige, vor allem die mit den Kesseln, waren bunt, kräftig gelb oder blau. ESSO oder SHELL?

Etwa fünfzig Meter von mir entfernt lag ein Frachtschiff vor Anker. Holländische Flagge. Ein Mann im blauen Drillich kam aus der Kajüte und schüttete einen Eimer voll Wasser über Bord. Er schaute kurz zu mir herüber, lächelte und stieg wieder die kurze Kajütentreppe hinunter und hinein in den Bauch des Schiffes. Vielleicht könnte ich ihn mal fragen? Aber ich traute mich nicht. Was wollen die auch mit solch einem kleinen Jungen? Der muß doch in die Schule. Und wenn ich Ferien hätte? Wochenlang werden die doch bestimmt nicht fahren. Ich überlegte, was ich auf solch einem Frachtkahn nützliches anstellen könnte. Ich sah sehr gut, konnte schon von weitem Dinge erkennen, die meine Eltern oder andere Erwachsene höchstens erahnten. Vielleicht wäre das was? So als Ausguck, zwischen Felsen und Stromschnellen.

Schon vor mehreren tausend Jahren befuhren die Ägypter den Nil mit Booten, die aus Papyrusbündeln geschnürt waren. Schiffe aus Papier. So stand es in einem der WASISTWAS-Bände aus der Stadtbücherei.

Ich könnte mir auch so ein Gefährt konstruieren und wie der kleine Moses den pfälzischen Nil hinuntertreiben. Ich würde die alten BILD-Zeitungen und Illustrierten sammeln, bis ich genug beisammen hätte. Paketschnur wusste ich auch, wo sie lag. Das ergäbe ein recht feines und vor allem buntes, farbenfrohes Kanu. Vielleicht ließe sich auf diese Art auch noch ein funktionstüchtiges Paddel bauen. Damit käme ich auch in die Zeitung, in solch eine, aus der meine Schaluppe bestand. Aber ob mein Papierschiffchen bei starkem Wellengang und auf längere Distanz durchhielte? Oder was wäre, wenn ich zu nah an die riesigen Schubschiffe und Lastkähne geriete?

Im Uferwasser fällt mir ein großer, grauer Stein auf, ein dicker, nichts zum Flitschen. Er ist zerfurcht, weiße, feine Linien spinnen sich über ihn. Eine ist etwas stärker, aus der sich wie bei einem starken Ast viele kleinere Triebe verästeln. Schön ist er, fast so groß wie ein Straußenei. Ich fische ihn aus dem Wasser und betrachte ihn mir genauer.

Von wo du wohl herkommst? Von welchem Berg, aus welcher Schlucht in der Schweiz? Granit, Basalt, Schiefer? Du trägst die Spuren, die Zeichen deiner langen Reise. Wie oft bist du mit Eis und Schnee, im klaren Gebirgswasser hin- und hergeschoben, geworfen worden? Bist mit einem der Urrheine in den Bodensee getrieben, lagst dort Jahrtausende, bis es endlich weiterging, dann ein purer Zufall, sogar über den Rheinfall bei Schaffhausen? Dir war sicher schwindlig, Lachse laichten neben dir, kleine Krebse krabbelten über dich.

Nun hast du es bis hierher geschafft. Ich stelle mir die Landschaft vor, in die du mit etwas Glück und meiner Hilfe gelangen könntest. Das Delta mit Schilf, unzähligen Verzweigungen, das Meer nicht mehr weit, irgendwo die breite Fahrrinne. Soll ich?

Noch einmal umfasse ich dich, spüre deine Kälte, dein Gewicht, fühle deine Rillen und Vertiefungen. Dann werf ich dich, so kräftig ich kann, in hohem Bogen in den Strom. Vielleicht schaffst du‘s ja. Und kannst mir berichten. Wenn ich dich eines Tages am Meer wiederfinde. Mein Stein von Kilometer Vierzwovier.

Engel.

Mama glaubte an Engel. Wir Kinder sowieso. Engel hatten Flügel und konnten fliegen. Wie Vögel. Sie waren beides: sichtbar und unsichtbar. Jesus hatte keine Flügel. Aber er war der Sohn Gottes. Der konnte einiges, aus ein paar Broten und zwei Fischen fünftausend Menschen sättigen, zum Beispiel. Vielleicht doch Flügel, die man nicht sah? Wegklappbar? Oder gar einen Propeller?

Engel waren wie Geister. Gute Geister. An böse Engel kann ich mich nicht erinnern. An böse Geister schon: so wie den »Schwarzen Mann«. Der kam, wenn ich partout nicht einschlafen wollte, oder »ungezogen« war.

Engel waren vor allem eines: Schutzengel. Als ich die ersten Male erlebte, wie Mama, bevor sie das große Dreipfünder anschnitt, ein Kreuz darauf machte – mit dem Brotmesser – wunderte ich mich. Sie sagte, das hätte sie von Oma. Das bedeute Dankbarkeit. Und wird den Engeln gefallen haben.

Meine Schwester versinkt immer mehr, Stück für Stück, in diesem Schlammloch, keine 200 Meter von zu Hause entfernt. Es sah so verlockend aus. Sie hat erst vorsichtig mit einem Fuß versucht, wie es sich anfühlt. Im Dschungel der Lanzvilla. Oder schon bei Beginn der Bauarbeiten für den neuen Hauptbahnhof. Es gab so viel zu entdecken.

Hier war nun ein unergründliches Loch, eine geheimnisvolle Erde, umschlossen von Grasnarben, Gestrüpp und Steinen. Sie versucht mit einer Sandale darauf zu stehen. Zuerst scheint es zu funktionieren. Doch dann klebt die Sandale auf einmal fest und rutscht ihr vom Fuß, sie versucht sie noch mit dem großen Zeh zu packen. Aber zu spät: sie steckt schon in der Erde fest. Sie verlagert etwas ihr Gewicht, um sie noch irgendwie zu angeln. Dann sinkt sie plötzlich haltlos ein, ihr Bein steckt tief im Matsch. Sie versucht sich mit dem anderen Bein und ihren Händen zu halten, so das sie nicht weitersinkt. Aber es nützt nichts. Zentimeter für Zentimeter sackt sie immer mehr ein. Der Schlamm steht ihr schon bis zum Bauch und sie weiß nicht, was sie jetzt tun soll. Sie weint, schreit um Hilfe, nach Mama, aber keiner hört sie. Warum ist denn niemand hier? Ihre Kleider sind auch schon ganz dreckig, so dass sie befürchtet Schimpfe zu kriegen, wenn sie so nach Hause kommt.

Sie fängt an zu strampeln. Das macht es nur noch schlimmer. Nein, das ist falsch. Das hat sie schon in einem Westernfilm gesehen. Im Treibsand nicht strampeln. Ruhig werden, nicht strampeln. Kommt doch noch Hilfe? Die Lage scheint aussichtslos. Muß sie jetzt sterben? Ersticken im Schlamm? Fast vor der Haustür? Jetzt hat sie nur noch die Arme frei.

Da, da ist ein Grasbüschel. Das muß sie erwischen. Sie kommt dran. Ja, sie packt es. Es hält. Und so zieht sie sich Zentimeter für Zentimeter ganz langsam aus dem Modder. Das Grasbüschel hält. Zum Glück.

Zehn Minuten später klingelt an der Haustür ein verschlammtes, verkrustetes Kind. Mama ist völlig außer sich. Aber Dagi hat überlebt. Sie weint. Mama weint und ich weine auch. Mama drückt sie ganz fest an sich, egal wie verdreckt sie ist.

Engel mögen alle. Selbst die, die nicht an Gott oder so etwas glauben. Engel kennen keine Grenzen. Sie bewachen Grabstätten und haben unendlich viel Zeit. So viele Bilder bevölkern sie, die berühmtesten Gemälde. Ich kenne sie von den kleinen Heiligenbildchen in den Gesangsbüchern, oder von Oma, die immer einige bei sich hatte. Wenn sie Haare haben, ist es fein, lockig und blond. Sie blasen Posaunen oder spielen Laute. Sie sind sehr musikalisch. Als Babys meist nackt, sind sie als Heranwachsende oft mit einem Nachthemd bekleidet, einem weißen. Kommt Liebe ins Spiel, tragen sie wieder kein Nachthemd, dafür aber Pfeil und Bogen, mit dem sie dich ins Herz treffen möchten. Und wenn sie gerufen werden oder wenn sie spüren, daß du sie dringend brauchst, kommen sie.

Ich kann sie auch spüren, manchmal. Da singt eine Amsel, dort duftet der Wald, schwer nach einem Sommerregen. Die Luft flirrt. Ein Eichhörnchen springt mir über den Weg. Ich horche, ich schnuppere, werde still, halte fast den Atem an. Dann sind sie da, die Engel, irgendwo. Hin und wieder geben sie mir einen kleinen Wink, stupsen mich an. Wenn ich nicht weiter weiß. Wie ein guter Freund.

Schon immer gefiel mir die Vorstellung, daß mich, wenn ich sterben muß – am Ufer des Sees hinüber ins Totenreich – nicht ein grimmiger Tod als Fährmann erwartet, dieses Skelett in schwarzem Gewand und Kapuze, sondern ein freundlicher Engel, der mich anlächelt, mir ins Boot hilft und während der Überfahrt seine Hand auf meine Schulter legt und mich ins Jenseits begleitet.

Weisser Marmor, beim Berühren kalt, doch samtig zart. Ich streichle die Wange, ich fühle die Kontur der Schulter, den Flügelansatz, ergreife die Hand, fühle die Finger. Mit ihm, dem Engel, schwebe ich davon. Verflüchtige mich, in Nebel gehüllt.

Da klingt noch ein Ton, ein leichter Nachhall, dann wird es still.

Letzte Siebzehn.

Gerade so eben habe ich sie noch erwischt. Musste schon einen kleinen Spurt hinlegen. Vor ihr liegt nach einer engen Kurve, aus der sie gekommen war, eine leichte Steigung. Ich erreiche die erste hölzerne Trittstufe und den von vielen Passagieren blankpolierten metallenen Haltegriff und ziehe mich hinein in das rumpelnde und schlingernde Gehäuse.

Es ist noch früh, kaum Fahrgäste, die Touristen steigen erst später zu. Die Sonne scheint zwar schon, aber hier, in den engen und verschatteten Gassen, hat sie die Kühle der Nacht noch nicht verdrängt. Im Waggon ist es ordentlich frisch, die Schiebefenster sind bereits fast alle hochgezogen. Der Wagenführer überwindet die erste Steigung und erreicht eine Kreuzung. Mein Arm liegt auf dem goldgelb lackierten Fensterrahmen. An den Eingängen kleiner Läden oder Bars schaukeln bunte Perlenketten. Die Gasse wird schmal und an manchen Stellen kann ich fast die abblätternde Hauswand berühren. Selbst als Fußgänger mußt du dich an die Wand drücken.

Jetzt werden wir aus der dunklen Gasse ausgespien, wie Jonas aus dem Wal. Ich sehe plötzlich das Blau des Himmels, weisse Gemäuer, einen großen Platz, ein Rondell, in dessen Mitte eine Statue auf einem Sockel steht. Sie wendet mir den Rücken zu, schaut hinaus in die Ferne. Und da sehe ich es auch: das glitzernde, ununterbrochen sich in Bewegung befindliche Meer. Der Anblick ist atemberaubend. Millionenfach tanzen silberne Reflexe auf den Kämmen. Weiter rechts im Morgendunst eine Hängebrücke.

Kurz entschlossen – die Tram hält hier – springe ich heraus und schaue der nun weiter fahrenden Bahn auf ihrer Tour in Richtung Zentrum zu, auf ihren schmalen, engstehenden, winzigen Stahlrädern, der Unterkasten auf dem Chassis bis zur hohen Taille sonnengelb, darüber der filigrane Schaukasten weiß gestrichen.

Die steinerne Figur auf dem Rondell stellt den Heiligen Vinzenz von Saragossa dar, einen Märtyrer, dessen Gebeine hier seit dem 12. Jahrhundert liegen, und Schutzpatron der Kapitale. Sein Blick ist sanft, auf seinem linken Arm trägt er ein Schiff, eine Spielzeugkaravelle, darauf wiederum auf Bug und Heck zwei Raben. Gleich wird er sich aus der Erstarrung lösen, mit seinem langen, eleganten Gewand vom Sockel und hinunter ans Ufer steigen, vorbei am Fadomuseum und wird die Karavelle zu Wasser lassen. Das ist hier nichts ungewöhnliches. So viele Navigatoren sind von hier aus in See gestochen, um die Neue Welt zu entdecken und zu erkunden. Doch das ist schon lange her. *São Vicente* wird sich nicht rühren.

Auf den Treppenstufen in den kleinen Parks liegen Kiesel, hochkant gestellt, zu kunstvollen Ornamenten gestaltet: Blütenkelche, Zapfen, Sterne. Auf dem *Rossio*: Abertausende helle und dunkle quadratisch handbehauene und sorgfältig gesetzte Pflastersteine, die Wellenmuster bilden. Riesige an- und abschwellende Atlantikwellen, wie ausgebreitete Tücher, das flüssige, unbändige Element in ästhetische Ordnung gebracht.

Die ozeanischen Wellen, die nun trockenen Fusses begangen werden können, sind erstarrtes Abbild der 1755 mit dem Erdbeben wütenden Sturmflut, die endgültig alles in dieser flachen Uferzone niederriß und wegschwemmte, was vorher bereits zusammengebrochen war. Auf anderen Plätzen springen Seepferdchen und Sirenen, liegen Anker bereit. Oktopusse, Delfine, Windrosen, Arabesken, an Fassaden und Mauern die weißblauen, glasierten Kacheln. Ein vergilbter, nostalgischer Film in Zeitlupe, die *Electrico* im Schneckentempo im Labyrinth der Gassen, erstarrte Momentaufnahmen, Abglanz eines ehemals weltweit agierenden Reichs.

Ich stehe hier, ich sitze hier, ich trinke einen Kaffee, ich lese, ich steige wieder in die nächste *Amarelo* und lasse mich durch die Gassen schaukeln bis zur Endstation, dem *Cemitério dos Prazeres*. Dort ist die Wendeschleife, das ganze retour.

Da liegen sie, die hier die Vergangenheit prägten. Die hofften, liebten, kämpften, träumten und nun in unzähligen Familiengruften, Mausoleen, in kleinen Häusern mit dem Kreuz auf dem Giebel in ihren Särgen schlafen. Lange Reihen. Wege wie mit der Schnur gezogen, ein ziselierter Stein nach dem anderen. Berühmte Söhne und Töchter des Landes, der Nation. In manchen der grüngestrichenen Türgitter stecken Blumen, meist aus Plastik, aber auch frische Strässe. Einige Bewohner weisen auf ihre ehemalige Profession hin: eine Schere für einen Schneider, ein Zirkel für einen Architekten.

Von was sie träumten? Was sie mit sich nahmen? Vielleicht sind einige unter ihnen, die wirklich in Frieden gingen. Ich weiss es nicht. Die, die an das Jenseits glaubten, hatten es da vielleicht leichter. Oder an die Wiedergeburt, das immerwährende Rad des Lebens. Ich studiere die Geburts- und Todesdaten. Für einige war es rasch vorbei. Wenige erreichten ein biblisches Alter. Was macht ein Leben aus? Die Länge der Fahrt? Die Tiefe des Wassers?

Ich rolle zurück in die Vergangenheit, platziere mich direkt hinter den Wagenführer, der an seinem Steuerrad durch das Häusermeer navigiert, schaue mit seinem Blick, was links und rechts an uns entlanggleitet. Senioren mit Einkaufsnetzen, junge Frauen mit Kinderwägen, hier ist die Markthalle. Das gleichmäßige Rumpeln und Quietschen macht mich schläfrig. Ich sehe sie vor mir auferstehen, nicht die Toten auf dem Friedhof der Freuden, nein, die *Siebzehn*. Die letzte *Siebzehn*, die über das Viadukt fuhr, über die vielen Eisenbahnschienen, die nach einem Halbkreis um das Westend herum im alten Hauptbahnhof endeten.

Wer in den Hemshof oder zur Anilin fahren wollte, musste über dieses Viadukt. Die *Siebzehn*, die diese Strecke befuhr, war beige, kantig, und sah altmodisch aus. Aber sie war schöner, vor allem innendrin. Schöner als die neuen, wie die *Vier*, mit der Papa nach Käfertal fuhr.

Ich steige ein. Auf dem Holzboden sind durch den gesamten Waggon lange, schmale Vierkanthölzer verschraubt. Ich laufe auf Stegen. Die Sitzbänke sind aus Holz, alles ist aus Holz, fast alles. Ein Schiff auf Schienen. Oder ein Kutsche. Denn es gibt noch Leder, die Zügel. Oben an der Decke entlang. Nicht nur Lederschlaufen zum Festhalten, für die, die keinen Sitzplatz finden. Sondern auch ein langer Lederriemen, der jeweils links und rechts über den Köpfen der Fahrgäste in Schlaufen hängt, an diesem Riemen dazu jeweils ein Glöckchen. Wer kurz vor der Haltestelle zog, brachte dieses zum Bimmeln und Schaffner sowie Wagenführer wussten, das jemand aussteigen wollte.

Dass keiner Unfug mit der Lederstrippe trieb, dafür sorgte das wache Auge des Schaffners oder der Schaffnerin, bei dem oder der die Fahrkarte erworben oder geknipst werden musste. Mit schmucker Uniform und vor allem dem formidablen, transportablen Münzautomaten, der vor dem jeweiligen Bauche hing. Metallröhren wie Orgelpfeifen, gefasst in einem Gehäuse samt Ledertasche und Halsriemen. Von oben wanderte das Münzgeld in die dafür bestimmte Röhre. Durch kurzes, lässiges Ziehen an einem Hebelchen, das unter jeder Röhre installiert war, fielen die gewünschten Wechselmünzen in die hohle Hand des Bediensteten und wurden dem Fahrgast rasch überreicht, zusammen mit der entwerteten Fahrkarte. Ein klingender Wechselrhythmus von Geben und Nehmen. Die Eleganz bestach durch das blinde Hantieren. Tausende Male verrichtete Handgriffe verliefen wie nebenbei.

So kroch sie quietschend die erste Kurve auf das Viadukt hoch, zwischen Fahrrädern, Mopeds, Motorrädern und immer zahlreicheren Automobilen und Lastern. Ich war ja kein Freund passiven Gefahrenwerdens, aber mit ihr, der Siebzehn, fuhr ich doch hin und wieder gerne. Das lag auch an der Fahrstrecke.

Meist hielt ich mich stehend an einer der kalten Stangen oder an einer Holzbank, an die oben hängenden Haltegriffe kam ich bei weitem noch nicht. Zwischen BASF-Arbeitern mit ihrer Ledertasche für Proviant, der Thermosflasche und der Tageszeitung so wie Papa, geblümten Hausfrauen mit Einkaufsnetzen oder Körben, Omas mit Kopftuch, diese hin und wieder begleitet von ihrem Dackel oder Drahthaarterrier.

Ich versuchte bei der Überfahrt einen guten Blick auf die Schienenstränge unter mir zu erhaschen. Vielleicht lief gerade eine Dampflok ein? Oder gar ein TEE? Doch schon war die Siebzehn wieder für ihre Abfahrt in den Hemshof bereit. Sie bekam richtig Schwung und wer jetzt, in diesem Augenblick, das Glöckchen zog, erntete bisweilen mürrische Mienen. Roch es hier nicht gerade nach den grauweißen Schwaden einer schnaufenden

Lok, nach rußiger verbrannter Kohle, nach kalter Asche? Ich schaue hinaus.

Ein alter Mann steht vor seinem Hauseingang, auf seinem improvisierten Grill ein paar Sardinen, die vor sich hin brutzeln. Ich schaue ihn verwundert an, er sieht mich und lächelt.

»Bom Dia.«

Nach vielen Auf und Abs, scharfen und engen Kurven, vorbei am lesenden *Fernando Pessoa* wieder hinein in die Altstadt und hoch nach *Graça* frage ich mich: Wo sind die ledernen Zügel in ihren Schlaufen? Wo ist der Schaffner mit seinem Zauberkästchen? Wo sind die Glöckchen geblieben? Und wer lebt noch von denen, die mit mir über das Viadukt fuhren?

Westend.

Der Fotograf hat sicher mit ihm gesprochen, vielleicht spielerisch schon ein, zwei Aufnahmen gemacht. Währenddessen konnte er ihm in die Augen schauen. Der Abzug, der bei mir zu Hause hängt, ist quadratisch, von einem 6x6 cm großen Negativ, einer Mittelformatkamera, Rollfilm, zwölf Bilder. Nicht viel. Jedes Motiv mußte wohlüberlegt sein. Natürlich schwarzweiss. Das war Fotokunst, gerade für Porträts, und konnte in einer kleinen Dunkelkammer, zum Beispiel im abgedichteten Bad, unter Rotlicht selbst entwickelt und bearbeitet werden.

Die Kamera eine Rolleiflex, vielleicht aber auch, weil er sich so eine teure noch nicht leisten konnte, ein russisches oder tschechoslowakisches Modell wie eine Flexarel. Auf jeden Fall eine, die man sich um den Hals hängte und vom Bauch aus fotografierte. Sie hatte einen Schachtsucher, eine aufklappbare, von oben einsehbare Luke, auf der das Motiv zwar seitenverkehrt, aber aufrecht stehend, selbst auf eine gewisse Entfernung hin, gut auf der Mattscheibe zu erkennen war.

Da also dieser fast zwei Meter große, junge, schlaksige Mann mit seiner Kamera. Superenge Nietenhose – so nannte sie mein Vater – mit einem atemberaubenden Schlag bis über die Stiefel, wie ein Zimmermann auf der Walz. Lange, lockige Haare, ein kariertes Holzfällerhemd oder ein Jeanshemd mit Druckknöpfen, und – wenn es kalt war – darüber einen Bundeswehrparka. Und dort dieser Junge, vielleicht zehnjährig. Für den war der Fotograf uralt, nämlich doppelt so viel: um die zwanzig. Die beiden stehen sich in meinem Viertel gegenüber, 1968, keine 400 Meter von unserer Mietswohnung entfernt. Ich kannte keinen von beiden, aber ich sehe die Stelle gut vor mir, wo sie sich getroffen haben.

Denn es war mein Indianerland. Und dieses Land war abgebrannt, wegplaniert. Dafür brach die Neuzeit an, die Zivilisation. Hochstraßen, an armdicken Stahltrossen aufgehängt wie die Golden Gate Bridge in San Francisco, Highways, die die Menschen kreuzungs- und stockungsfrei über die Stadt hinweg in Richtung Weinstrasse oder zur Autobahn tragen sollten. Wie in Los Angeles, wo das nahegelegene Pasadena, unsere Partnerstadt, mit ihren Freeways zum Vorbild wird, amerikanische Verhältnisse.

Die Euphorie ist groß. LU wird Weltstadt. Mit einem neuen Hauptbahnhof. Alles ist möglich. Auf meinem ehemaligen Spielplatz wird der Hauptbahnhof gebaut. Die Spielflächen ändern sich radikal. Für die vielen Pfeiler, die Hochstraßen, Betonmonumente werden riesige Sand- und Kiespyramiden errichtet. Nach Feierabend spielen wir dort Erstbesteigung des Mount Everest, klettern hinauf und rutschen runter. Baubuden, Baracken, schweres Gerät, hin- und herfahrende Betonmischer, Zäune, *Eltern haften für ihre Kinder*.

Auf dem Foto: zentral der Junge, ein Halbporträt. Am unteren Rand ist noch der Bund der dunklen Hose zu erkennen, in die er sein helles Frotteehemd gestopft hat. Kurzärmelig, und etwas zu groß, ein flauschiger Stoff mit Bündchen an Halsausschnitt und Ärmeln. Die Arme hat er vor der Brust verschränkt, wie zum Schutz, um sich abzusichern. Die linke Hand steckt unter seiner Achsel, die rechte liegt entspannt und sichtbar in der Armbeuge. Seine Hände sind schmutzig, lange, schlanke Finger. Schmal ist er, aber drahtig.

Die Schärfe, die der Fotograf sucht, liegt im Porträt, im Gesicht des Jungen. Er hat ausgeprägte Züge: das Stirnbein, der Augenbrauenbogen ist kräftig, darunter große, neugierige Augen. Die flache, breite Nase hat schon einen Stoß abbekommen, eine Narbe, eine

Vertiefung. Sein Mund mit den aufgesprungenen, schmalen Lippen ist leicht geöffnet. Er ist blond, die kurzen Haare über der Stirn und den Ohren als Pony geschnitten.

Das er bereits einiges hinter sich hat, sieht man. Durch die geringe Tiefenschärfe wirkt er wie herausgehoben. Um ihn herum aufgewühlte Erde, Spuren von Baufahrzeugen, Müll, Unrat, eine Baustelle.Hinter ihm, über seinem Kopf, parkende Autos. Auffallend vor allem eines: ein Opel Kadett B. Der steht etwas schräg, rutscht fast aus dem Bild. Oben am Bildrand links noch weitere Fahrzeuge. Im Blick des Jungen sehe ich jetzt, bei längerer Betrachtung, noch etwas: Dort, wo sich seine hellen Augenbrauen treffen, liegt Spannung. Er überlegt. Er ist skeptisch. Vielleicht auch etwas verängstigt. Wer ist das? Wo kommt er her? Was hat er vor?

Der Fotograf heißt Willi, Willi Hölzel. Dem Jungen hat er sicher, trotz seiner Skepsis, gefallen. Bestimmt hat er ihm gezeigt – der wundersame Apparat machte neugierig – was sich von oben betrachtet auf der matten Scheibe abbildet. Als Ausschnitt, als neuer Blickwinkel, als Möglichkeit die Welt anders zu sehen.

Dieser Junge, den Willi bei seiner Motivsuche hier im Westend trifft, hätte auch ich sein können. Gleiches

Alter. Vielleicht war ich gerade mit meinem Roller unterwegs oder spielte Fussball.

Ich lerne Willi erst zwanzig Jahre später kennen, im Alten Aktsaal der Bremer Hochschule für Kunst und Musik am Wandrahm. Er begrüßt meinen damaligen Professor und ich höre sofort unseren gemeinsamen Dialekt.

»Ei, wie redschd denn du?« »Ei, so wie du halt.«

Er lädt mich nach Köln ein, wo er lebt und arbeitet, wir sehen uns in Bremen, in Mannheim, er besucht mich mit Freunden in Paris. Daraus werden fast 25 Jahre. Was ich schon bei unserem ersten Kennenlernen erfahre: Willi ist nicht nur Fotograf, sondern auch, wie ich, Grafiker, und hat sich gerade selbständig gemacht. Zuerst arbeiten wir zusammen in seinem Atelier in der Luxemburger Straße. Ein Altbau im Hinterhof. Die Toilette ist gleichzeitig provisorische Dunkelkammer, eigentlich ein Bad, nur über eine Klappleiter zu betreten, besser gesagt, zu besteigen. Der Raum und die Eingangstür hängen in etwa 2 m Höhe in der Wand. Vor dem alten Sprossenfenster zum Innenhof die riesige, alte Kastanie. Unter der Eisenbahnbrücke hindurch, zwischen zwei Dönerimbissen, das LUXOR, ein paar Meter weiter das BLUE SHELL.

Während meiner Diplomarbeit ein Jahr zuvor – einer Reportage über Jugendliche in Europa – fotografiere ich mit meiner chinesischen Seagull, der Einfachstkopie der Rolleiflex, Kinder in Derry, Nordirland. Mädchen, die Süssigkeiten und Potato Rings naschen, eines davon auf einem Dreirad, dahinter die martialischen riesigen Wandgemälde der IRA. Jungs, die sich neugierig vor mir drängen und schauen, was ich da veranstalte, mit diesem komischen zweiäugigen Apparat. Ich versuche mit ihnen zu sprechen, sie lachen und antworten mir in ihrem wunderbaren Slang.

Da ich hier nicht mit dem separaten Belichtungsmesser hantiere – die Seagull hat keinen – ist das ganze von den Belichtungszeiten und der Blende Blindflug. Es ist diesig, verhangen, für Irland nicht untypisch. Die Faustregel »Sonne lacht, Blende acht« somit schwer anwendbar.

Nur einige Aufnahmen, die wirklich gelingen. Aber sie werden ganz eigen. Ich schieße nicht mit dem laut klackenden Geräusch des klappenden Spiegels, mein Auge und mein Gesicht verborgen hinter Sucher und Gehäuse, sondern nehme auf. Fast lautlos. Im entscheidenden Moment senke ich etwas den Kopf, um die gewünschte Tiefenschärfe zu finden, hoffe, dass mir mein Gegenüber in seiner Konzentration bleibt und drücke vorsichtig ab. Danach drehe ich die Kurbel. Nun ist die nächste Aufnahme, das nächste Bild möglich.

Ich sitze an meinem kleinen Küchentisch, der Teller mit Pasta frutti di mare ist fast leer. Dazu trinke ich einen fruchtigen Colombelle aus der Gascogne und schaue auf die von mir mit Postkarten und Zeitungsartikeln buntgespickte Wand hinter der Lampe. Draußen ziehen Schwalben ihre Kreise im Tiefflug. Mein Blick fällt auf das Polaroid, das zwischen dem britischen Fischladenjungen und der Riservato-Pappkarte vom *I figli delle stelle* auf Giudecca hängt. Du schaust mich an, mein alter Freund, Willi. Mit schwarzem Hut, deiner Jeansjacke und schwarzem T-Shirt. Schmal bist du geworden, der Hut sitzt keck wie eine kleine Melone auf deinen grauen Haaren.

In diesem Moment meine ich die Ähnlichkeit des Blicks zu erkennen, der gleiche Blick wie der des unbekannten Jungen, den du vor fast 50 Jahren in meinem Viertel, dem Westend, fotografiert hast.

Is she really going out with him singt Joe Jackson aus dem kleinen hellgrauen Röhrenradio, live '84 – mit Grundrauschen, Kratzern und Unschärfen. Das würde dir gefallen. Noch einen Weissen? Ich schenke mir ein neues Glas ein.

Für ihre Unterstützung und Beratung danke ich:
Klaus Jürgen Becker und seinen MitarbeiterInnen des Stadtarchivs Ludwigshafen am Rhein; Wolfgang van Vliet, Bürgermeister und Dezernent für Soziales, Integration und Sport der Stadt Ludwigshafen am Rhein. Ich danke insbesondere der GAG Ludwigshafen für Ihre Unterstützung bei der Verwirklichung dieses Buchprojektes. Bei der Durchsicht des Manuskripts und der Fertigstellung unterstützten mich tatkräftig und engagiert Dagmar Hagmann und Elisabeth Jung. An alle vielen herzlichen Dank.

Quellennachweis

S. 14 ff.
Grauguß und Rheingold. *Die Pfalz mein Heimatland – Eine Heimatkunde für die Pfälzer Jugend* von Albert Zink, erschienen 1966 im Rudolf Zechner- und Jakob Schreiber-Verlag OHG Neustadt/Weinstraße.

S. 31
Das Meer. *La Mer*, geschrieben und komponiert 1943 von Charles Trenet und Albert Lasry. © Edition Raoul Breton

S. 80 ff.
Der stille Don. *Der stille Don* von Michail Scholochow, Deutsche Ausgabe 1949 Paul List Verlag München

ISBN 978-3-7418-5554-2
9 783741 855542
www.epubli.de